문학 작품의 배경, 그 현장을 찾아서

─ 경남지역을 중심으로(上)

경남이란 장소는 문학 작품에 어떻게 투영되고 있는가

문학 작품의 배경, 그 현장을 찾아서

경남지역을 중심으로(上)

윤애경

푸른사상
PRUNSASANG

문학이 생활권 안에 어떻게 들어와 있는가, 하는 물음은 한번쯤 제기해 볼 만한 것이다. 구체적으로 우리가 사는 경남, 그 경남이라는 장소가 문학 작품에 어떻게 투영되어 있는가? 그래서 경남이 어떤 풍광으로, 어떤 의미로 소화되어 문학적 평가를 받고 있는지 알아본다면 나름대로 의미 있는 일이 아닐까 하는 생각에서 이 책은 구상되었다.

경남의 현대문학은 잘 알다시피 1910년 이전으로 거슬러 오르지 않는다. 일제가 이 나라를 강점하고 나서 현대문학이라는 옷을 걸치고 나타난 것이기에 경남에서의 문학을 생각하면 가슴부터 먼저 저려온다. 정신을 차리고 보면 과도기의 한문학에서 민족의 정신을 엿볼 수 있다는 것이 그나마 다행이다.

이 책은 대체로 1920년대 동인지 문단시대 이후부터 1950년대 상반기에 활동한 경남 출신이나 경남에 들어와 살던 문인들이 쓴, 경남을 배경으로 한 작품들을 대상으로 하여 그 현장을 둘러보는 쪽으로 방향을 잡았다. 다만 장용학의 경우 그가 거제 포로수용소 생활을 하고 「요한詩集」을 집필했는지는 알 수가 없다. 그리고 김동리가 쓴 「等身佛」은 배경이 중국이지만 사천 다솔사에서 모티프를 얻고 구상을 했기 때문에 배경의 범위를 모티프와 구상지까지를 포함하는 것으로 했다. 작품 배경에 대한 뜻넓이를 확대해 보았기 때문에 이것은 하나의 모험일지도 모른다. 앞으로 배경에 대한 이론 정립을 할 때 좀 더 구체적인 논의를 할 수 있기를 기대한다.

이 책은 크게 1부 '배경이 가지는 의미와 현장 찾아보기', 2부 '경남 지역이 배경이 된 작품들과 현장'으로 구성되어 있다. 2부에서 다룬 작품들의 장르에는 소설과 시, 동시들이 포함되어 있다. 이들을 잠시 언급하면 김동리, 김원일, 이은성, 장용학의 소설과 설창수, 이경순, 박재삼, 유치환, 백석, 서정주의 시, 최계락의 동시들이다.

이번을 계기로 경남을 배경으로 쓴 시, 소설, 아동문학 등 문학 작품들이 새로운 조명을 받기를 기대하고 우리 생활권이 자연과 역사와 사상을 통해 문학의 자장으로 더 많이 편입되는, 말하자면 상상력의 보고로 진입하게 되는 한 작은 물꼬 트기가 되었으면 한다.

이 책은 우선 자료를 찾기에 용이한 작가 시인들을 대상으로 했으므로 빠진 분들의 작품이 많은데 이 부분은 한 차례 더 낼 때 완결 지을 것을 약속드린다. 아울러 이 책의 출판을 흔쾌히 허락해 주신 푸른사상사의 한봉숙 대표님, 서둘러 작업을 해 주신 편집부 여러분들, 그리고 지역문학의 중요성을 환기시키고 폭넓은 자문으로 나의 성근 논리를 깊이 있게 채워주신 강희근 경상대학교 명예교수님께 깊은 감사의 마음을 전한다.

2014년 1월
윤 애 경

❀ 머리말 • 5

제1부

배경이 가지는 의미와 현장 찾아보기

1. 소설의 배경   • 13
2. 시 등 여타 장르의 배경   • 17
3. 경남지역을 배경으로 하는 시, 소설, 아동문학들   • 24
4. 현장 찾아보기의 의의   • 27

제2부

경남지역이 배경이 된 작품들과 현장

1. 김동리의 소설 「등신불」   • 31
   : 경남 사천시 곤명면 용산리 86, 다솔사(모티프, 구상지)
   1) 다솔사와 최범술   • 31
   2) 다솔사에 들어온 김동리   • 33
   3) 다솔사에서 「등신불」의 모티프를 얻고 구상하다   • 38

2. 설창수의 산문시 「의낭 논개의 비문」   • 46
   : 경남 진주시 성지동 남강 의암(배경)
   1) 논개(論介)와 의기사(義妓祠)   • 46
   2) 의기창렬회와 논개비   • 49
   3) 비문은 산문시 「의낭 논개의 비문」이었다   • 50
   4) 배경은 남강 의암, 집필지는 다솔사   • 53

3. 이경순의 시 「流配地의 섬 – 창선도」 • 57
: 경남 남해군 창선면 상죽리 일원(배경)
1) 창선도는 유배지였나? • 57
2) 창선도는 더 이상 절해고도가 아니다 • 58
3) 이경순과 창선도 • 61
4) 시의 배경은 유배지 같은 창선도 • 64

4. 김원일의 『겨울 골짜기』 : 경남 거창군 신원면 일대(배경) • 68
1) 소설의 소재는 '거창사건' • 68
2) 김원일은 '거창사건'을 어떻게 다루었나? • 71
3) 주제, 그리고 구성형식 • 74
4) 배경, 그리고 남은 말 • 80

5. 박재삼의 시 「천년의 바람」 • 82
: 경남 사천시 동서금동 노산공원 (배경)
1) 박재삼과 삼천포 • 82
2) 시비와 박재삼문학관 • 84
3) 박재삼 묘역, 그리고 문학제 • 88

6. 이은성의 소설 『소설 동의보감』 • 89
: 경남 산청군 산청읍 (경상도 山陰縣, 배경)
1) 『東醫寶鑑』의 저자와 『소설 동의보감』의 저자 • 89
2) 줄거리, 그리고 주제 • 90
3) 허준은 어디서 살았는가? • 92
4) 유의태는 누구인가? • 95
5) 드라마 〈집념〉과 『소설 동의보감』 • 95
6) 배경은 산음현, 소설은 픽션 • 99

7. 장용학의 소설 「요한詩集」 • 101
: 경남 거제시 계룡로 61(고현동 362), 포로수용소 유적공원(배경)

1) 작가 장용학 • 101
2) 사르트르 또는 이상 • 102
3) 「요한詩集」의 줄거리와 핵심적 의도 • 104
4) 기존 소설과 다른 문법 • 105
5) 제목 그리고 배경 • 107

8. 유치환의 시 「旗빨」 • 113
: 경남 통영시 서호동 316, 통영여객선 터미널(배경)

1) 시인 유치환 • 113
2) 「旗빨」이 달린 장소는 어디일까? • 114
3) 시 「旗빨」과 깃발의 한계 • 116
4) 유치환의 또 다른 깃발은? • 117

9. 백석의 시 「통영 2」 : 경남 통영시 명정동 충렬사(배경) • 120
1) 백석, 백석의 시 • 120
2) 백석의 여인들과 '난이' • 121
3) 시 「통영 2」 • 125
4) 「통영」의 배경 • 131

10. 최계락의 동시 「외갓길 1」 • 133
: 경남 진주시 지수면 승내리(승산리) 임내마을과 청원리 사이 고갯길(배경)

1) 동시인 최계락 • 133
2) 한국 동시 역사에서 차지하는 최계락의 위치 • 137
3) 최계락과 이형기 • 139
4) 「외갓길 1」과 「외갓길 2」 • 142
5) 배경 • 149

11. 서정주의 시 「晉州 가서」 : 경남 진주시 본성동 남강변 빨래터(배경) • 151
    1) 서정주의 시 • 151
    2) 「晉州 가서」를 언제 썼나? • 152
    3) 「晉州 가서」 읽기 • 155
    4) 배경 • 159

부록

동일 작가, 시인들이 쓴 경남 배경의 다른 작품들

1. 김동리 • 163
2. 설창수 • 166
3. 이경순 • 174
4. 박재삼 • 176
5. 유치환 • 191
6. 백석 • 196
7. 최계락 • 200
8. 서정주 • 204

❋ 찾아보기 • 207

제1부
배경이 가지는 의미와 현장 찾아보기

문학 작품에는 각기 배경이 있다. 소설을 이야기할 때 배경을 특히 강조하기 일쑤이지만 시에도 나름의 배경이 있고 수필에도 희곡에도 아동문학에도 배경이 존재한다. 배경은 작품이 창조되는 바탕으로서 형식과 구성과 주제에 밀접히 관계하면서 문학의 얼개를 이루어낸다. 그 작품의 배경을 보면 무슨 이야기가 전개될지, 무슨 이미지가 형성되어 나올지, 어떤 시대나 역사의 물굽이를 드러낼지 경우에 따라서는 충분히 짐작해 볼 수도 있을 것이다.

우리는 여기서 문학 작품에 있어 배경이 가지는 의미를 짚어보면서 배경을 찾아가는 순례를 시작해 보려 한다.

1. 소설의 배경

소설은 이야기로 말하는 글 예술이다. 이야기를 담는 그릇에는 소설 밖에도 서사시(Epic)나 담시(譚詩, Narrative Poetry)가 있지만 소설과는 그릇이 다르다. 각기 음송할 수 있는 나름의 문체를 지니고 있는 장르이므로 줄글로 씌어지는 소설과는 다르다. 그리고 소설은 적당한 길이의 가공의 이야기라는 점에 주목할 필요가 있다. 가공이므로 실제로 벌어지는 것처럼 이야기가 꾸며져야 하는데 이야기의 선후가 인과관계로 짜이고 그 시대에 맞는 인물이 나오고 사건이 진행되어야 한다. 거기에는 사건에 적합한 배경이 설정되어야 인물이 일으키는 일들이 그럴싸한 것으로 독자들을 이끌어갈 수 있을 것이다. 이를 통해 그럴싸하게 작가가 이야기를 이끌어가는 지향점이 있는데 그것이 작가가 하고자 하는 말, 곧 주제가 된다.

이를 개략적으로 정리하면 소설은 "어떤 배경(Setting)에서 인물(Character)이 활동하여 꾸며지는(Plot) 이야기인데 그 이야기는 하나의 지향(Theme)을 드러낸다."가 된다. 이른바 소설의 4요소로 집약된다고 할 수 있다. 특히 배경은 인물이 활동하는 장소이므로 그 장소는 상상에 의해 설정되기도 하지만 대개는 인물이 사는 현장으로 현장의 특색이 그 인물을 결정해 준다고 볼 수 있다. 배경이 남원 광한루라 하면 남녀의 연애 이야기가 전개될 것으로 보이고, 거제 포로수용소라 하면 전쟁과 관련되는 줄거리로 소설이 전개될 것으로 보이고, 지리산 빗점골이라 하면 금방 빨치산들의 학습 공간에서 벌어지는 이야기가 전개될 것으로 예단되는 것이다.

김동리의 「蜜茶苑時代」[1]는 1951년 1월 3일, 서울에서 피난열차를 타고 부산역에 내린 소설가 이중구가 동가식서가숙하며 광복동 '밀다원' 찻집을 중심으로 피난 온 예술인들과 어울려 하루하루를 지내는 모습을 그린 소설이다. 전쟁 상황은 내일을 기약할 수 없게 중공군이 남으로 남으로 밀고 내려오는 중이고 그런 중에서도 임시수도 문인들과 서울 문인들 사이에 갈등을 보이는 일들이 생겨나고 불안과 초조는 전시의 삶을 규정하는 실존적 조건이 되고 있었다. 배경인 밀다원은 꿀벌이 윙윙거리며 몰려들지만 꿀벌이 가져갈 충족 조건은 어디서도 찾을 수 없다. 다방 밀다원은 이름에 값을 하는 곳이 아니므로 반어적 상황이다. 그러니까 밀다원은 1951년 1월이라는 시대적 환경과 임시수도 부산이라는 배경적 요건이 하나로 결합되어 전시적 상황을 연출한다. 배경이 시대와 공간의 이원 합일로 드러나고 있는 것이다.

. . . . .

1) 김동리 선집, 『신한국문학전집』(1973, 어문각), 427~442쪽.

밀다원은 광복동 로우터리에서 시청 쪽으로 조금 내려가서 있는 이 층 다방이었다. 아래층 한쪽에는 문총 간판이 붙어 있었다. 간판 바로 곁에 달린 도어를 밀고 들어서니 키가 조그맣고 얼굴이 샛노란 평론가 조현식과 그와는 반대로 키가 훨씬 크고 얼굴이 시뻘건 허윤이 테이블 앞에 서 있었다. (…중략…) 다방 안은 밝았다. 동남쪽이 모두 유리창이 요 거기다 햇빛을 가리게 할 고층 건물이 그 곁에 없었기 때문이었다. 한가운데는 커다란 드럼통 스토우브가 열기를 뿜고 있고 카운터 앞에 동북 구석에는 상록수가 한 그루씩 놓여 있었다. 그리고 얼른 보아 한 스무개나 됨직한 테이블을 둘러싸고 왕왕거리는 꿀벌떼는 거의 모두가 알 만한 얼굴들이었다.

이 소설의 배경인 밀다원을 그리고 있는 대목이다. 1층엔 서울에서 피난 내려온 문총 사무실이 세 들어 있고 2층은 다방 밀다원이다. 밀다원의 위치가 나오고 1950년대의 난로인 드럼통 스토브가 있는 다방 풍경이 드러나고 있다. 그 좁은 공간이 피난시대를 상징하는 공간이 되면서 꿀벌이 윙윙거리는 곳이라는 이름을 달고 있는, 뭔지는 모르나 정상적인 시대가 아님을 보여주는 장소다. 이 배경에서 주인공이 만나는 장소가 문총이라는 점, 그리고 그 안에 평론가 조현석이 있다는 것 아닌가? 조현석은 당시의 문단을 상징하는 인물로 보이는데 아마도 필자의 짐작이 맞다면 실명 '조연현'을 가리키는 것으로 읽을 수 있다. 그러니까 이 배경은 인물이 범배경에 포함되고 있음을 알 수 있다. 부산 임시수도에 내려온 중앙 문인들의 행로와 그 불안이 문총이라는 단체와 어울리게 하는 문단의 축도를 보여주기 때문이다.

「밀다원시대」의 배경은 이렇게 소설의 진행에 결정적인 의미로 설정되어 있음을 알 수 있다. 배경이 없이 시대와 처한 환경을 설명으로

써 대신한다면 어떻게 되겠는가? 이야기의 내질과 입체성은 죽고 주제의 형상화도 지리멸렬하다가 끝나고 말 것이다. 우리가 소설에서 배경은 구성의 3요소라고 하면서 '인물', '사건', '배경' 이렇게 나열하지만 그 중요도를 설명하는 가운데서 실감하기는 어려웠다. 그러나 소설 한 편을 정색하고 읽을 때 그 배경의 위상이 분명히 드러나는 것을 알 수 있게 된다. 작가는 그러므로 하고 싶은 이야기를 만들 때 그 이야기를 받쳐주는 배경 설정이 소설 형성의 ABC라 하여도 과언이 아닐 것이다.

2. 시 등 여타 장르의 배경

시에서 배경을 논하는 일은 거의 없다. 사건을 중심으로 진행되는 것이 아니고 정서나 이미지가 맥락을 이끌어 나가기 때문이다. 시에 서사시라는 유형의 장르를 생각해 볼 수 있는데 김동환의 「국경의 밤」 같은 경우는 배경이 분명히 소설에서처럼 드러난다. 「국경의 밤」 (1924, 한성도서)을 우리나라 최초의 현대서사시라 하기도 하는데 서양식 개념의 서사시라 할 수는 없을 것이다. 문체 면에서도 그렇고 주인공이 신이 아닌 데서도 그렇고, 바드(음송가)가 낭송하기를 전제로 쓰지도 않았던 것에서도 그렇다.

이 작품의 배경은 일제하 두만강 언저리의 겨울밤이다. 전 3부 73장 인데 1부 1장은 다음과 같다.

아하 무사히 건넜을까?

이 한밤에 남편은

두만강을 탈없이 건넜을까

저리 국경 강안을 경비하는
외투 쓴 검은 순사가
왔다—갔다—오르명 내리며 분주히 하는데
발각도 안되고 무사히 건넜을까
소곰실이 밀수출 마차를 띄여 놓고
밤새 가며 속태우는 젊은 아낙네
물레 젖은 손도 맥이 풀려서
파하고 붙는 어유 등잔만 바라본다
북국의 겨울밤은 차차 깊어가는데

1장에서 시의 배경이 나오고 주인공의 하는 일이 드러난다. 두만강과 국경, 일제하와 겨울이라는 상황이 배경이다. 시에서 배경은 내용과 주제의 반을 드러내고 있다. 만약 배경이 초두에 나오지 않는다면 시인이 그리고자 하는 내용이나 주제가 지향 없이 흘러갈 것이다. 이 작품은 밀수하러 떠난 남편을 기다리는 아내의 슬픔을 빌어, 추운 두만강 겨울밤을 배경으로 일제에 짓눌린 민족적인 비애를 드러내고자 한 서사시다.

오늘날 서사시는 거의 창작되지 않고 간간이 시인에 따라 할 말이 많은 경우 쓰이고 있으므로 배경을 보편화시켜 논의하지는 않는다. 서사시가 아니더라도 서사적인 흐름을 갖는 시일 경우 배경이 시 속에 자리 잡을 수 있을 것이나 이를 따로 떼어 논의하는 일도 드물다. 시의 배경은 주로 소재라는 측면에서 이해될 수 있다.

눈은 살아 있다
떨어진 눈은 살아 있다
마당 위에 떨어진 눈은 살아 있다

기침을 하자
젊은 시인이여 기침을 하자
눈 위에 대고 기침을 하자
눈더러 보라고 마음 놓고 마음 놓고
기침을 하자

눈은 살아 있다
죽음을 잊어버린 영혼과 육체를 위하여
눈은 새벽이 지나도록 살아 있다

기침을 하자
젊은 시인이여 기침을 하자
눈을 바라보며
밤새도록 고인 가슴의 가래라도
마음껏 뱉자

— 김수영의 시 「눈」 전문

인용시의 "눈"은 하늘에서 내리는 자연의 "눈[雪]"이다. 배경이라는 측면에서 보면 인용시는 눈이 내린 집 마당이 배경이라 할 수 있다. 살아 있는 눈을 보고 기침을 하자는 요지의 시인데 늘 살아 있는 눈을 향해 살아 있는 표시인 기침을 하자는 것이다. 그런데 그 "눈"은 기본적으로는 자연의 눈이지만 시의 진행에 따라 바라보는 눈[眼]이 되기도 한다. 중의법으로 읽히기도 한다는 말이다. 시는 증언의 정신, 결백의 정신으로 있자는 의지가 강하다. 다만 어떻게 결백해 있어야 하는가에까지는 나가지 않고 있다. 다시 배경으로 돌아와 보면 눈 내린 마당이 시인에게 소중한 의미의 현장이다. 시에서 이 현장이 없으면 관념으로 흐르다가 말 내용을 그래도 현장이 현실 감각으로 이끌어주고 있다.

다음 시를 보면 서정시는 배경이 있어도 이미지나 상상으로 존재하게 됨을 알 수 있다.

정부의
그 어느날의 지폐가
누워 있다

머언 정부의
어느 날의 늦은 지폐가
누워 있다

발그라니
녹슨 이 르네쌍스의 여행의
백화점에
늦은
바람이 불고 있다

늦은 바람 속에
너의 입은 웃고 있으나
여자야
너의 눈은 울고 있구나

어느덧 한양은 가고
저문 오늘은
외등이 발그랗구나

머언 망명의
여화(女靴)가
가고 오고, 가고 오고
정부의
늦은 바람이 불고 있다

　　　　　— 정공채의 시 「서울驛」 전문

　인용시에서 서울역은 소재다. 소재이면서, 배경을 말하라 하면 배경일 수도 있다. 그 배경은 외적인 형상을 드러내지 않고 상상적 의미나 이미지로만 살아 있다. 서울역은 정부의 지폐로 표현되어 있고 녹슨 르네상스의 여행의 백화점으로 표현되기도 한다. 지폐라도 늦은 지폐라 의미 있거나 거래를 활발히 보장하는 지폐가 아니다. 그것도 여자의 울음, 외등, 머언 망명 같은 부정적인 측면의 이미지들이 받쳐주기 때문에 서울역은 시대적으로 스산한 분위기를 자아낸다. 김광균의 "낙엽은 폴란드 망명정부의 지폐"가 연상된다. 시는 이렇게 소재나 배경이 겉으로 드러나거나 사건 속에서의 의미 지렛대로 바로 쓰이는 경우가 드물다. 그러나 배경이 확실한 경우 전체 이미지나 상상의 폭을 넓혀주는 구실을 할 수도 있다. 이 점을 유의하며 시의 배경을 바라보아야 한다.

　희곡은 대화로 말하는 글 예술인데 대체로 상연을 전제로 쓰이는 장르다. 연극 대본이라고도 하는데 대본에는 '나오는 사람들', '때',

'곳', '무대'가 제시된다. 여기서 '때'와 '곳', 그리고 '무대'가 배경이다. 무대는 배경 중에서도 최소한으로 집약된 공간이다. 그러므로 희곡은 배경이 확연히 드러나는 가운데 이야기가 전개된다. 수필은 겪은 대로 말하는 글 예술이라 할 수 있는데 겪은 것이 관념 중심이면 배경이 잘 드러나지 않을 수 있다. 그러나 겪은 내용이 정서적이거나 자연 지향일 때는 배경이 드러나는 경우가 많다. 「바보네 가게」라든가 「동학사 가는 길」, 「방망이 깎던 노인」, 「산골 교회」 등은 이야기의 배경이 소재이거나 후경으로 중요한 역할을 하는 경우이다. 그러므로 배경이 주는 무게가 시보다는 더 많이 실린다고 할 수 있다. 아동문학의 경우 어린이의 마음에 중심이 있으므로 그림의 이미지가 강한 것이 사실이다. 말하자면 배경과 현장적 의미가 중요하다.

> 고갯길 굽이굽이 어디로 가나
> 솔밭 새로 외줄기 호젓한 산길
>
> 저 고개 넘어가면 어디일까요
> 푸른 하늘 고요한 산너머 마을
>
> 저 산 너머 남쪽으로 자꾸만 가면
> 그리운 내 고향도 있을 테지요
> — 최계락의 동시 「고갯길」 전문

인용 동시는 말할 것도 없이 소재가 "고갯길"이고 배경도 "고갯길"이 있는 산일 것이다. 산에는 산길이 있고 푸른 하늘이 있고 그 너머 마을이 있다. 배경은 어린이에게는 꿈의 장소이고 어딘가로 가는 길이다. 그러므로 배경은 어린이의 마음 안 동산이기도 하고 그 너머로 가는 통로가 있는, 꿈길을 여는 문이기도 하다. 배경은 동시의 정서적 바탕이 되는가 하면 그 자체가 주제일 수도 있다. 그만큼 동시에서나 동요에서나 배경은 전적인 힘으로 작용하는 요소이다.

3. 경남지역을 배경으로 하는
시, 소설, 아동문학들

경남지역을 출생지로 하는 현대 작가 시인들이 결코 적은 수는 아니라 여겨진다. 주로 1920년대 이후부터 1950년대 후반 즈음까지 한국 문단권에 진입하여 활동한 사람들로 이은상, 고두동, 이주홍, 권환, 김병호, 이진언, 이원수, 김달진, 김용호, 유치환, 김정한, 최인욱, 김수돈, 김상옥, 정진업, 조연현, 정태용, 조향, 설창수, 이경순, 박노석, 김태홍, 최계락, 이형기, 박재삼, 박경리, 이병주, 정공채 등을 기억할 수 있다. 이들의 작품 중에서는 경남을 배경으로 쓰인 작품들이 거의 예외 없이 드러나고 있다.

이들 밖에 경남지역에서 태어나지 않은 작가 중에 김동리가 있는데 그는 1930년대 중반에 사천 곤명면 다솔사에 들어와 소설을 쓴 경우이다. 김동리는 다솔사에만 국한해 있었던 것은 아니나 어쨌든 해인사, 쌍계사 등지를 잠시 잠시 떠나 있었지만 사천 일원에서 결혼하고 식구들을 불리다가 광복이 되면서 서울로 이동했던 희귀한 예에 속한다. 어쨌든 경남에서 태어난 작가 시인들이나 경남에 와서 작품을 쓴 작가들의 작품들은 경남지역의 특정 장소가 모티프나 배경이 되어 있음을 확인할 수 있다.

여기서 유의할 점은 작가가 체류하거나 일시 살았던 곳이라 하여 작품의 배경으로 바로 취재 선택되는 것은 아니라는 사실이다. 김동리의 경우 다솔사에서 지내며 '등신불'에 관한 자료를 수집하면서 구상한 사실이 있는데, 소설의 배경은 중국 양자강 북쪽에 있는 정원사로 되어 있다. 다솔사는 그 작품을 구상한 장소이며 소설 쓰기의 모티프가 된 곳이다. 이렇게 구상한 장소는 어떤 경우 배경에 못지않은 의미를 갖는 것일 수 있다.

작품을 쓴 집필지 역시 작품의 정서적 배경(간접적 배경)이 된다. 소설이 아니라 시 작품인 경우 집필지의 의미는 더 크게 작품 형성의 요인이나 정서로 작용이 된다고 볼 수 있다. 이 글에서는 경남지역이 모티프, 배경이 되거나 구상지(構想地)가 되거나 집필지(執筆地)가 된 작품들의 현장을 찾아보고자 하는데 그 순서는 아래와 같다.

　* 김동리의 소설 「등신불」 : 경남 사천시 곤양면 다솔사(모티프, 구상지)
　* 설창수의 산문시 「의낭 논개의 비문」 : 경남 진주시 남강(배경)
　　　　　　　　　　　　　　　　　: 경남 사천시 곤명면 다솔사
　　　　　　　　　　　　　　　　　(집필지)
　* 이경순의 시 「유배지의 섬−창선도」 : 경남 남해군 창선면 상죽리
　　　　　　　　　　　　　　　　　일원(배경)
　* 김원일의 소설 『겨울 골짜기』 : 경남 거창군 신원면 일대(배경)
　* 박재삼의 시 「천년의 바람」 : 경남 사천시 노산공원(배경)

* 이은성의 소설 『소설 동의보감』: 경남 산청군 산청읍(배경)
* 장용학의 소설 「요한시집」: 경남 거제시 포로수용소(배경)
* 유치환의 시 「旗빨」: 경남 통영시 서호동 316, 통영 여객선터미널
  (배경)
* 백석의 시 「통영 2」: 경남 통영시 명정동 충렬사(배경)
* 최계락의 동시 「외갓길 1」: 경남 진주시 지수면 청원리(배경)
* 서정주의 시 「진주 가서」: 경남 진주시 본성동 남강변 빨래터(배경)

　이 자료들은 손에 잡히는 순서로 짜여 있다. 이들 작품 외에도 다음 기회에서 다루어질 작가 시인은 이은상, 이주홍, 이원수, 김정한, 김용호, 이진언, 고두동, 권환, 김상옥, 김춘수, 이형기, 이병주, 박경리 등 이 자료에 버금가는 자료와 작가 시인들이 될 것이다. 이러한 사정은 전적으로 자료 수집의 형편에 따른 것이다.

4. 현장 찾아보기의 의의

앞에서 살펴본 대로 경남지역을 배경으로 하는 작품들은 작품성이나 그 수월성 측면에서 한국문학을 대표하는 작품들이 많다는 것을 알 수 있다. 물론 경남지역이 아닌 지역을 배경으로 하는 작품들에서도 똑같은 입장의 유의성을 찾아볼 수 있을 것이다. 여기서는 그 모든 가능성을 전제로 하면서 지역이라는 한 단위로서의 경남에 먼저 초점을 잡아보고자 한다.

현장은 좁은 의미의 배경으로 국한해 말하는 개념이 아니고 작가의 태생지, 집필지, 모티프, 구상지, 작품이 전개되는 배경 등, 작품에 영향력을 주는 총체적인 뜻넓이를 갖는다. 이러한 현장을 둘러보는 의의는 어디에 있는가? 필자는 그 의의를 4가지 정도로 나누어 정리할 수 있다고 본다.

첫째, 지역에 있는 장소에 대한 새로운 이해와 긍지를 높일 수 있다.

둘째, 지역의 가시적 배경을 통해 작품에 대한 친근성, 친밀도를 확보할 수 있다.

셋째, 인간의 삶이 지역의 배경, 현장과의 관계 속에서 인과와 섭리, 애환의 정체를 드러낸다는 것을 확인할 수 있다.

넷째, 경남지역을 하나로 묶는, 지방문학이 존재하는지에 대해 점검의 단계로 삼을 수 있다.

제2부
경남지역이 배경이 된 작품들과 현장

1. 김동리의 소설 「등신불」

: 경남 사천시 곤명면 용산리 86, 다솔사(모티프, 구상지)

1) 다솔사와 최범술

다솔사(多率寺)는 경남 사천시 곤명면 용산리 산 86번지에 있는 절로서 암자로 봉일암, 보안암, 서봉암 등을 거느리고 있다. 서기 503년 신라 지증왕 4년 영악대사가 창건하고 이름을 영악사(靈嶽寺)라 했다. 이름은 중창 때 타솔사(陀率寺), 삼창 때 영봉사(靈鳳寺), 사창 때 도선 대사가 다솔사라는 이름을 붙인 것으로 추정된다. 1978년 2월 8일에 그 당시 대웅전 개금불사 때 후불탱화 속에서 108과의 사리가 발견되어 법당 뒤에 미륵사지의 석탑을 본뜬 높이 23미터 30평 정도의 성보법당을 탑 안에 설치하여 적멸보궁사리탑(寂滅寶宮舍利塔)을 건립하였다.

다솔사의 주지 최범술(본명 최영환, 1904~1979)은 1930년대 이후 다솔사 주지로서 독립운동과 동양사상의 이해를 넓히는 데 주력했다.

다솔사 대웅전인 **적멸보궁**과 내부 모습

최범술 주지 스님의 유해가 안치된 부도가 다솔사 가는 길 양지 쪽 언덕에 있다.

1904년 서포면 율포리에서 출생한 최범술은 1916년 다솔사에 입산하여 1917년 해인사 지방학림에 입학하였고 1919년 이후 독립운동에 가담하여 검거선풍이 불자 지하로 숨어들어 활약했다. 최범술은 일본으로 건너가 대정대학을 다니면서 박렬을 정점으로 한 선인사를 결성했다. 한용운 스님이 결성한 만당(卍黨)은 최범술이 다솔사 주지가 되면서부터 근거지를 다솔사로 옮겨 암약하게 되었다. 동지로는 김범부, 김법린, 최범술, 오제봉, 문영빈, 이기주, 설창수, 강달수 등으로 알려져 있다.

최범술은 광복 후 제헌국회의원으로서 정계에도 얼굴을 내밀었고 교육계에도 큰 족적을 남겼다. 일제하 광명학원을 세워 운영했고 국민대학 학장, 해인대학 학장을 역임했다. 또한 다솔사에서 생산되는 작설차는 그 특유의 법제로서 향미(香味)가 타의 추종을 불허하는 것으로 정평이 나 있고 그는 '다도무문'이라는 다문화 경지를 지니고 있어서 초의선사나 진주의 아인 박종한 교장과 더불어 다도 연구의 핵심적 위상을 갖는다. 시인 고은은 다솔사를 공부하지 않고 한국 근대사와 문화를 알아볼 수 없다고 말한 바 있다. 이는 다솔사가 최범술 주지 이래 한국학 내지 동양학 토론의 거점이라는 점, 독립운동의 숨은 거점이었다는 점을 염두에 두고 한 말일 것이다.[1]

2) 다솔사에 들어온 김동리

김동리(金東里, 본명 始鐘, 1913~1995)는 경북 경주 출생 소설가다.

- - - - -
1) 『곤명면지』(1987, 금호출판), 352~405쪽 참조.

김동리의 **광명학원**이 집 뒤쪽 대밭 언저리에 있었다(사천 곤명면 원전)

1929년 경신고보를 중퇴하고 귀향하여 문학공부에 전념했다. 1934년 시 「백로」가 조선일보 신춘문예에 입선되고 1935년 단편 「山火」가 동아일보에 당선되어 문단에 올랐다. 토속적인 소재를 운명론적인 인생관으로 다룬 「무녀도」, 「바위」, 「황토기」, 식민지 현실을 다룬 「찔레꽃」, 「동구 앞길」 등이 있다. 광복 후 문단의 좌우 투쟁에 가담하여 순수문학을 옹호하고 서정주, 김달진, 조연현, 박목월 등과 함께 '청년문학가협회'를 결성, 회장이 되었다. 그는 평생토록 순수문학과 신인간주의(제3의 휴머니즘) 사상으로 일관했다.

김동리가 사천시 다솔사에 들어온 것에 대해 그는 『곤명면지』에 다음과 같이 밝힌 바 있다.

　내가 곤명면을 처음 찾았던 것은 1935년 이른 봄이었다. 그해 신춘문예(조선중앙일보)에 내 소설이 처음으로 당선되었기 때문에 조용한 곳에 가서 좀 더 차분히 글을 써보겠다는 생각에서였다. 그래서 그곳 '조용한 곳'이 바로 사천군 곤명면에 있는 다솔사였던 것이다.

나는 서너 달이나 절간에 박혀 있으면서 나름대로 읽고 쓰고는 했지만 외부와의 접촉은 전혀 없었다. 따라서 곤명면에 대해서는 인물이고 지세고 간에 전혀 알지 못한 채 그곳에서 해인사로 옮기고 말았던 것이다. 다음 해 그러니까 1936년에 또다시 소설이 당선(동아일보 신춘문예)되자 나는 서울에서도 쓰고 고향에서도 쓰고 하여 꽤 많은 작품을 발표했으나 그것으로 생활이 되는 것은 아니었다.

이듬해인 37년 봄에 또다시 다솔사로 갔다. 다솔사와 인근 마을(봉계리)과 합동으로 운영하게 되어 있는 학원의 선생 노릇을 하기 위해서였다. 그것이 봉계리 원전의 언덕 위에 세워져 있던 광명학원이었다.[2]

이 글을 더 더듬어 가면 광명학원 생활과 다솔사에 관한 이야기가 나온다. 김동리는 이 학원에서 낮에는 어린이들을 가르치고 밤에는 처녀 총각들을 상대로 한글과 일본말과 가감승제(加減乘除 : 더하기, 빼기, 곱하기, 나누기)를 가르쳤다. 그 반응이 좋아서 한 달에 한 번씩 보름날 밤마다 열리는 학예회에는 동네의 아주머니, 할머니, 할아버지들이 많이 모여들었고 한 해 한 차례 개최되던 운동회에는 면내 수많은 유지들과 젊은이들이 모이곤 했다.

당시 학원의 운영을 맡고 있던 다솔사에는 한용운(韓龍雲), 허백련(許百鍊) 같은 명사들을 비롯하여 유명 무명의 지사, 처사들이 늘 모여들곤 했다. 그것은 김동리의 백씨 김범부(金凡父)와 김법린(金法麟) 등에게

• • • • •
2) 위의 책, 5쪽.

한용운, 김범부 김동리 등이 거처했던 **안심료**

당시 주지이던 효당(曉堂) 최범술(崔凡述)이 은신처를 제공했기 때문이었다. 김동리가 해인사로 옮겨 간 것은 해인사 법무감을 겸직하고 있던 다솔사 최범술 주지가 해인사에 강원을 개설키로 하고 김범부와 김법린을 강사로 초대한 데 그 원인이 있었다. 김동리가 그해 겨울을 해인사에 거주하면서 소설 「산화」를 쓰고 그것이 1936년 동아일보 신춘문예에 당선된다.

　김동리는 36년 한 해 열심히 서울과 고향 경주를 오르내리며 소설을 써 발표했지만 호구지책이 되지 못하자 1937년 다솔사 강원으로 와서 열심히 강사노릇을 했다. 이 시기에 그는 진주일신여고보 출신 김월계를 만나 사랑에 빠지게 되었다. 서정주는 "동리가 편지에다 월계 여사에 대해서 그리운 것을 나한테 표현해서 보냈다. 그러더니만 한동안 있다가 결혼했다."고 말했다. 김동리가 이 사정을 맏형 김범부에게 상의하자 범부는 "먼 발치에서 처녀의 뒷모습만 보고도 걸

음걸이에 그 사람의 일생이 나타나는데 너무나 얌전하다."며 동의해
주었다.

　김월계의 어머니 황향이(黃鄕伊)는 삼대째 내려오는 천주교 신자였
다. 그녀는 곤명면 내에서 알아주는 집안의 딸로 택호는 '가느실댁'이
었다. 그녀는 하동으로 시집을 갔는데 시집가는 행렬이 무척 길었고
말까지 타고 갔다. 그 행렬에는 남종과 여종이 줄을 이루었는데 그 길
이가 동네 골목을 돌았을 정도라고 전해졌다. 김동리는 장모 황향이
의 요청에 따라 천주교 세례를 받고 혼배예식을 치렀던 것으로 보인
다. 김동리는 말하자면 결혼을 하기 위해 천주교 신자가 된 것이다.
천주교 마산교구청과 진주 옥봉천주교회에 보관된 '혼배성사문서
(MATRIMONIUM)'에 의하면 김동리와 김월계의 혼인은 1938년 3월
25일 진주 옥봉본당 봉계공소(당시는 원전공소)에서 혼배예식으로 이
루어졌다. 그때 김동리의 나이는 24세, 김월계의 나이는 20세였다. 주
례신부는 김계롱(베드로)이었고 신랑의 증인은 우다두, 신부의 증인은
장안나였다. 김동리 세례명은 가브리엘이었고 신부 세례명은 젤마나
였다. 김동리는 봉계공소에서 혼배성사를 올린 다음 다시 광명학원
구내에서 만해 한용운 스님의 주례로 일반 결혼식을 올렸다.

　김동리가 혼배예식을 올린 그 시기에는 다솔사 아랫동네로 맏형 김
범부 가족들과 범산 김법린(후에 동국대 총장) 가족들, 그리고 김동리
어머니까지 이사를 와 있었고 김동리는 시간이 비면 3킬로미터쯤 떨
어져 있었던 맏형 댁으로 올라가 가족들과의 오붓한 시간을 보냈다.
다솔사에만 있을 때 김동리는 절 오른쪽 선당에서 지냈다. 선당의 방
위치는 다음과 같았다.

부엌-범술-범부-지흥(동리의 조카), 김동리-총무[3]

3) 다솔사에서 「등신불」의 모티프를 얻고 구상하다

김동리의 「등신불」은 1961년에 발표된 작품이다. 연구가에 따라 그의 중기작이라고도 하고 후기작이라고도 한다. 이렇게 지적하는 것은 초기가 토속적 샤머니즘적 세계를 천착하는 쪽인데 「등신불」은 적어도 그 범주를 벗어나 보편적인 휴머니즘의 양상을 띠기 시작하는 후반기의 범주에 넣을 수 있다는 판단에서 나온 분류일 것이다.

다솔사 체험이 김동리 소설의 모티프가 된 소설은 「등신불」, 「황토기」, 「당고개와 무당」, 「바위」, 「불화」, 「극락조」, 「저승새」, 「찔레꽃」, 「눈 내리는 저녁에」 등을 꼽을 수 있다. 그래서 이 소설들을 다솔사에서 쓴 것으로 생각할 수도 있지만 그렇지는 않다. 다만 다솔사 체험이 모티프가 되었거나 아니면 다솔사에서 상당한 윤곽이 잡히는 수준으로 구상이 되었을 수 있을 것이다. 「등신불」의 경우 상당한 수준으로 다솔사에서 구상을 했던 것으로 볼 수 있다. 김동리가 다솔사에 의해 운영되던 광명학원 강사로 있을 때 다솔사 최범술 주지의 전갈을 받고 다솔사로 갔더니 한용운 스님이 내방해 있었다. 이때 만해 한용운과 김동리의 맏형 범부(凡父)와 최범술 주지가 담소하고 있었는데, 만해와 김범부는 다음과 같이 묻고 대답하는 것이었다(김동리

• • • • •

3) 김정숙, 「문학과의 만남」, 『김동리 삶과 문학』(1996, 집문당), 134~163쪽.
　강희근, 「강희근 교수의 경남문단, 그 뒤안길」(경남일보 연재 14~20회).
　강희근 홈페이지(www.hwagyue.com) 산문방.

한용운 스님이 회갑기념으로 심은 **황금공작편백**

술회).

만해: 범보(만해는 범부를 범보로 불렀다. 父가 호칭으로 쓰일 때는 '보'로 읽음. 등격을 드러낸다는 뜻), 우리나라 전적에서 소신공양(燒身供養)에 대해 기술된 것을 읽은 일이 있는가? 중국 자료에서는 더러 눈에 띄이기도 했네만.

범부: 아이고, 형님께서 보지 못하셨다면 없는 것이지요. 저도 우리나라 자료에서 본 일이 없습니다.

만해: 중국의 이야기 중에 어떤 살인자가 죄를 갚는다는 취지로 소신공양을 했다는 이야기도 있는데…….

만해의 두 번째 언급은 다솔사 언저리에서 떠돌아다니는 이야기인데 필자가 재구성한 것이다. 김동리는 이런 이야기에서 소름 끼치는 전율을 느끼고 이어 스님들을 통해 다솔사에서 있었던 소신공양 관련 자료를 수집한 것으로 보인다. 김동리의 광명학원 제자이자 최범술 주지의 누이 아들인 김용석은 1994년 5월 21일 증언[4]에서 다음과 같이 말했다.

강원도 금봉사에 가면 33인이 소신한 곳이 있는데 다솔사에도 소신대가 있다. '소신'이라는 말은 불가에서 쓰는 용어로 몸의 작은 부분을 태우는 것을 '연비'라 하고 몸의 많은 부분을 태우는 것을 '소신'이라 한다. 불가에서 흘러나온 과거부터 있었던 이야기를 작품화한 것이 「등신불」이라 생각한다. 다솔사에는 소신대가 부둣돌 밑에 있었다. 옛날에 거기서 소신한 사람이 있었는데 소신대에 귀신이 나와서 울곤 했다는

•••••
4) 김정숙, 앞의 책, 154쪽 재인용.

이야기가 있었다.

김동리가 「등신불」을 쓰게 되는 모티프가 여기까지의 이야기라 할 수 있다. 이것은 모티프가 수면 위로 떠오른 것이고 수면 밑에 있으면서 아직 드러나지 않는 것이 오히려 작품의 주제나 구성적 자질에 영향을 더 크게 주었을 수도 있다. 어쨌든 김동리는 이를 계기로 1961년 『사상계』를 통해 「등신불」을 발표했다. 이는 1938년 즈음에 생긴 모티프가 무려 23년을 작가의 내면에서 성장하여 한 편의 대표작으로 완성된 것이다. 소설의 줄거리는 다음과 같다.

내가 일본의 대정대학 재학 중에 학병으로 끌려 나간 것은 1943년 이른 여름 나이 스물세 살 때였다. 소속된 부대는 중국 남경에 도착하여 후속 부대가 당도할 때까지 남경에서 머물고 있었다. 나는 거기서 대정대학에서 미리 알아온 중국 불교인 진기수(대정대 출신)의 신상에 대해 탐문하여 그가 남경 교외 서공암에서 독거한다는 정보를 얻게 되었다. 나는 서공암에서 진기수를 만나 '살생을 면하게 부처에 귀의하게 해달라'는 요지로 혈서를 써 진정성을 보였다. 나는 진기수가 내어준 법의를 입고 경암이라는 늙은 중을 따라 다음날 늦은 아침에 양자강 북쪽 정원사에 당도하여 진기수의 법사 원혜대사를 뵙게 된다. 원혜대사는 나를 보자 '불은이로다'라 했다.

나는 원혜대사가 거처하는 청정실 곁방에 방 한 칸을 갖게 되었는데 그 방은 시봉 청운의 옆방이었다. 거기서 나는 법당 구경부터 했다. 세 위의 도금한 불상이 있지만 우리나라 절에서 느끼는 규모에서 크게 벗어난다는 느낌을 받지 못했다. 그러나 금불각에 모셔진 등신불을 보고 나서야 그 세위도 좀 다르다는 느낌을 받게 된 것이다. 금불각은 앉은 위치와 계단이나 석대라든가 도금을 입힌 추녀, 현관 등이 유별난 것이었지만 무엇보다 그 불상이 여느 불상이 아니어서 충격적이었다. 머리 위에 향로를 이고 두 손을 합장한, 고개와 등이 앞으로 수그러진, 입도 조금 헤벌어진 그런 형상이었다. 무엇인가 사무치는, 쥐어짜는 듯한 등신대의 결가부좌상이었다. '저건 부처님이 아니다! 불상도 아니야!' 나는 충격 속에서 부르짖고 싶었다.

다음날 원혜대사를 뵈었을 때 '불은이로다.' 라 말했다. 물론 내가 금불각 방문을 했었다는 사실을 알고 난 뒤였다. 스님은 자세한 말을 하지는 않고 "본래는 부처님이 아니야. 모두가 부처님이라고 부르게 됐어. 본래는 이 절 스님인데 성불을 했으니까 부처님이라고 부른 게지." 나는 청운을 통해서 등신불이 영검이 많고 새전이 많이 든다는 이야기를 듣고 점점 그 부처에 기울어져 갔다. 사흘 뒤 금불각에 갔다가 그날 저녁에 스님을 찾았을 때 그 불상의 기록을 보았느냐고 물었다. 그 다음날 나는 천 수백 년 전 기록인 '만적선사 소신성불기'를 손에 들고 읽어 내릴 수 있었다.

만적은 법명이고 속명은 기, 성은 조씨다. 금릉서 났지만 아버지는 어떤 이인지 모른다. 어머니 장씨는 사구라는 사람에게 개가를 했는데 사구에게 한 아들이 있었는데 이름이 신이었다. 나이는 기와 같은 또래였다. 하루는 밥을 먹는데 장씨가 개가한 집 아들 신의 밥에다 독약을 넣었다. 눈치를 챈 아들 기가 그 밥을 자기가 먹겠다고 했다. 그리하여 신은 살아났지만 집을 나가고 기도 신을 찾겠다 하고 집을 나와 머리 깎고 중이 되고 이름을 만적이라 했다. 만적이 이 정원사 해각선사에게서 법을 배우고는 도를 깨칠 위인이 못되니 부처님께 몸을 태워 공양함이 좋겠다 하여 소신하기에 이르렀다. 소신하는 순간 불빛이 더 환하고 보름달 같은 원광이 비치었다. 모인 사람들의 병이 낫는 기적들이 일어나자 모두 만적스님의 소치라 하며 쇠전을 바쳤다. 여기까지가 성불기의 대략이다.

원혜대사가 나에게 기록에 없는 부분을 이야기해 주었는데 만적이 소신하는 과정에 대한 것이었다. 만적이 앞 기록처럼 소신으로 공양할

뜻을 굳히고도 5년이 흘러 23세 되던 해 금릉에 나갔다가 의붓아버지 아들 신을 만났다. 그런데 신은 문둥이가 되어 있었다. 만적은 자기 목에 걸었던 염주를 신에게 걸어주고 말없이 절로 돌아와 취단식을 거행하고 소신공양의 절차를 밟았다. 오백을 헤아리는 승려들이 단을 향해 합장을 하고 선 가운데 공양주 스님이 불 담긴 향로를 받들고 앞으로 나아가 만적의 머리 위에 얹었다. 그때 비가 쏟아졌다. 그러나 웬일인지 단 위에는 비가 내리지 않았다. 만적의 머리에는 더 많은 연기가 솟고 주변은 보름달 같은 원광이 씌어졌다. 새전이 쏟아지고 그 새전으로 그 후 몸에 금을 덧씌우고 금불각이 섰다. 이 이야기를 하고 난 대사는 나를 보고 "자네 바른손 식지를 들어보게."라 말하고는 그 다음 아무 이어지는 말을 하지 않았다.

이 소설은 부처를 말하거나 인간이 노력하여 부처라는 현상으로 들어간 뒤의 부처를 말하는 작품이 아니다. 인간이 끊임없이 정진하는 과정을 보여주면서 그 결과도 인간의 모습 그대로 이어지는 이야기다. 이를 일러 '인간들의 구경(究竟)에 이르는 지난한 몸부림'이라 할 것이다. 김동리가 문학에서 신인간주의를 제창한 바 있는데 현실 속에서 인간을 구제하는 길로 '인간에 내포된 신의 발견'이라는 점에 유의하는 것으로 읽힌다. 「등신불」이 근사하고 거룩한 부처가 아니라 고달프고 슬프고 쓰라린 육신의 몸부림을 그대로 드러내는 것이라는 점에 주목할 필요가 있다. 이런 점에서 김동리는 소설에서 지향이나 사상을 보다 견고히 드러내는 작가로 꼽힌다. 조연현은 어떤 강연에서 일본소설이 서정이나 기법이 승한 반면에 한국소설은 사상적 측면에서 우세하다고 한 바 있는데 이때의 한국소설은 김동리를 주로 염두에 두고 한 말이었다.

다솔사 맨 앞 건물로서 강당으로 썼던 **대양루**

「등신불」은 액자소설로 현재의 '나'와 천수백 년 전의 만덕 스님 이 야기를 결합시켜 놓고 있다. 그 두 항이 결합되는 근거는 두 가지다. '나'가 살생을 피해 학병에서 탈출한다는 것, '만덕 스님'이 살생을 피 해 의붓아버지 아들 '신'을 살린다는 것이 하나로 연결되고 있다. 또 하나는 '나'의 오른손 식지 훼손과 만덕 스님의 소신공양이 육체 훼손이라는 점에서 하나로 연결되고 있다. 소설의 배경은 다솔사 체험이나 장소가 그대로 소설의 배경이 되어 있지는 않다. 중국 남경에서 멀리 떨어져 있는 양자강 북쪽 정원사(淨願寺)가 그 배경인데 모티프가 된 다솔사와는 너무나 멀리 떨어져 있다. 유사성이 있다면 소신공양의 현장이라는 점이 될 것이다. 그리고 다솔사의 입구에 있는 '대양루'와 정원사 입구에 있는 '태허루'가 위치상 유사성이 있는데 그 정도로는 배경이 포개지는 수준으로 볼 수는 없을 것이다. 그렇지만 다솔사가 모티프와 구상의 현장이라는 점에서 양자는 정서적으로 연결되어 있다고 할 수 있다. 거기다 다솔사 주지의 출신대학인 일본의 대정대학과 중국 진기수의 출신대학이 같다는 것은 이야기 전개의 근친성을 보여주는 것으로 무시할 수 없는 요소라 하겠다.

2. 설창수의 산문시 「의낭 논개의 비문」

: 경남 진주시 성지동 남강 의암(배경)

1) 논개(論介)와 의기사(義妓祠)

설창수의 「의낭 논개의 비문」을 읽기 전에 진주에 세워진 논개와 의기사의 역사를 알 필요가 있다. 유몽인은 『어우야담』 첫머리 「효열」 대목에 논개 이야기를 실었는데 요약하면 다음과 같다.

논개는 진주의 관기였다. 김천일이 거느리는 의병이 진주성에 들어가 왜적에 맞서 싸웠으나 군사는 패하고 백성은 모두 죽었다. 논개는 얼굴과 매무새를 아리땁게 꾸미고 촉석루 아래 우뚝한 바위 위에 서 있었으니 바위 밑은 깊은 강물 가운데로 떨어지는 곳이었다. 한 장수가 나서서 다가왔다. 논개가 웃으면서 맞이하니 왜장도 그를 꾀면서 끌어당겼다. 이때 논개는 드디어 왜장을 끌어안고 몸을 던져 함께 죽었다……저들 관기는 음탕한 창녀들이라 '곧고 맵다'고 일컬을 수가 없다지만 죽는 것을 집에 돌아가는 것처럼 여겨 왜적에게 몸을 더럽히지 않았으

논개가 왜장을 껴안고 순절한 **의암**   우리나라 최초의 여성 사당인 논개 영정을 모신 **의기사**

니…… 충성이 아니고 무엇이겠는가?[1]

이 기록이 '논개'에 관한 보고서로서 원전이다. 이것 밖의 내용들은 뒷사람들이 상상으로 만들어놓은 것이라 할 수 있다. 논개가 거문고를 켰다거나 쌍가락지를 끼었다거나 등등 세월이 가면서 창작은 그럴싸하게 늘어갔다. 진주 사람들은 논개가 순국한 뒤부터 그 바위를 '의암(義巖)'이라 부르고 글을 짓고 시를 써서 기렸다. 그리고 임금에게 의기 논개의 사당을 세워 포상해 달라고 주청하기를 150년 동안 지속했다. 충절에 무슨 남녀 차별이 있으며 충절에 무슨 반상이 있느냐는 것이었다. 그리하여 1593년 6월 29일에 순국한 논개에게 1740년 영조 16년에 사당을 세워 포상하라는 임금의 명이 떨어졌다. 조선 역사에서

• • • • •
1) 김수업, 『논개』(2001, 지식산업사), 15~16쪽 재인용.

의기사 안에 있는 **의랑 논개**의 영정

하나의 획기적인 사건이 일어난 것이었다. 사대부가 아니면 세울 수 없는 사당을 여인에게, 그것도 기생에게 내렸으니 반상 차별이 엄연한 시대로 볼 때 혁명적인 조처라 할 수 있다. 진주 사람들의 논개에 대한 사랑이 시대와 제도를 뛰어넘는 것이었음을 말해 주는 것이다. 이로써 비천하기 이를 데 없는 한낱 관기가 온 나라 사람들이 우러러 보는 '의기'로 새로 태어난 것이었다.

의기사가 세워진 후에는 논개의 절의에 대해 봄·가을로 제사를 바치는 일을 관청의 기녀들이 맡아서 했다. 그것과는 달리 해마다 성이 떨어진 유월 스무 아흐렛날에는 '의암이 제삿날'이라 하여 전 진주 백성들이 강가에 나와 제사 지내는 절차를 지켜보았다. 앞 제사는 분명히 관청의 것이니까 진주목사나 경상우병사가 제주가 되어 마땅한데 그렇지 않은 것을 보면 법에 앞선 체통이 문제가 되었던 것이 아닐까.

2) 의기창렬회와 논개비

진주의 노기들이 모여 이룬 단체가 '진주의기창렬회'(마지막 회장 이음전)다. 진주의 관기 제도가 없어지면서 논개제를 올리는 주체를 다시 정해야 했는데 그를 위해 단체를 만들어 종전의 관기들이 하는 일을 계승했다. 이 단체에서 한 일 중에 '논개비' 건립(1954)이 있고 진주민속예술보존회(회장 성계옥)가 종전의 '의암별제'를 복원하자 논개제를 비롯한 논개선양사업을 1992년 일체 이 진주민속예술보존회에 인계했다. 그러나 축제 〈논개제〉가 새로 생겨남으로써 이 인계의 절차가 이행되지 않았지만 '의암별제'가 논개제에 들어옴으로써 그 문제는 해결이 된 셈이다. 어쨌든 주목되는 것은 진주의기창렬회에서 논개비를 건립한 것이라 할 수 있다.

비문 작성은 시인 설창수(당시 경남일보 사장)가 하고 글씨는 서예가 오제봉이 맡도록 결정하여 일을 추진했다. 설창수(薛昌洙, 1916~1998)는 창원에서 태어나 창원공립보통학교를 졸업하고 진주농업고등보통학교 5년을 수료했다. 1932년에 가족이 진주로 이사했고 1940년 4월 일본대학 예술학원 전문부 창작과에 입학했다. 북구주의 저수지 공사장에서 원치공으로 일하다 파견 형사대에 연행돼 부관 관부연락

선으로 부산에 압송되었고 1942년 1년 반 구형 2년 언도를 받아 1944년 3월 부산형무소에서 만기출옥했다. 1947년 진주시인협회를 창립하고 1949년 음력 10월 3일 우리나라 최초의 예술제인 개천예술제(창립은 영남예술제)를 창시했다. 그는 언론인이기도 했고 한때는 정치 일선에 나서기도 했고, 문화예술운동가이기도 했지만 언제나 본업은 시인이었다.[2]

3) 비문은 산문시 「의낭 논개의 비문」이었다

진주의기창렬회로부터 논개비문 청탁을 받은 설창수는 비문을 산문시로 작성했다. 설창수 시인은 산문을 쓰는 경우 더러 산문시가 된 예가 있었다. 개천예술제를 창제하고 스스로 '창제문'을 지었는데 읽으면 리듬이 살아나는 산문시형이었다. "하늘과 땅이 있는 곳에 꽃이 피는 것과 같이 인류의 역사가 있는 곳에 문화의 꽃이 피는 것은 아름다운 우주의 섭리가 아닐 수 없다."는 첫 문장을 본다거나 "기름지고 오랜 땅 위에 커다란 꽃송이가 피어나듯이 힘차고 아름다운 마음 위에서만 위대한 예술은 꽃피는 것이다." 같은 대목은 서술이 아니라 비유로 이어가는 맥락이다. 아래 「의낭 논개의 비문」 전문을 소개한다.

하나인 것이 동시에 둘일 수 없는 것이면서 민족의 가슴팍에 살아 있는 논개의 이름은 백도 천도 만도 넘는다.
마지막 그 시간까지 원수와 더불어 노래하며 춤췄고 그를 껴안고 죽

······
2) 『설창수전집 6』(1971, 시문학사), 344~366쪽.

어간 입술이 앵도보다 붉고 서리
맺힌 눈썹이 반달보다 고왔던 것
은 한갓 기생으로서가 아니라 민
족의 가슴에 영원토록 남을 처녀
의 자태였으며 만 사람의 노래와
춤으로 보답받을 위대한 여왕으
로서다.

만족 역사의 산과 들에 높고
낮은 권세의 왕들 무덤이 오늘날
우리와 상관이 없으면서 한 줄기
푸른 물과 한 덩이 하얀 바위가
삼백예순 해를 지날수록 민족의
가슴 깊이 한결 푸르고 고운 까닭
이란 그를 사랑하고 숭모하는 뜻
이라.

설창수의 「의낭 논개의 비문」

썩은 벼슬아치들이 외람되이
높은 자리를 차지하여 민족을 고달피고 나라를 망친 허물과 표독한 오
랑캐의 무리가 어진 민족을 노략하므로 식어진 어미의 젖꼭지에 매달려
애기들을 울린 저주를 넘어 죽어서 오히려 사는 이치와 하나를 바쳐 모
두를 얻는 도리를 증명한 그를 보면 그만이다.

피란 매양 물보다 진한 것이 아니어 무고히 흘려진 그 옛날 민족의
피는 어즈버 진주성터에 풀거름이 되고 말아도 불로한 처녀 논개의 푸
른 머리카락을 빗겨 남가람이 천추로 푸르러 굽이치며 흐름을 보라.

애오라지 민족의 처녀에게 드리고픈 민족의 사랑만은 강물 따라 흐
르는 것이 아니기에 아 아 어느날 조국의 다사로운 금잔디 밭으로 물옷
벗어들고 거닐어 오실 당신을 위하여 여기에 돌 하나 세운다.

이 비문을 그냥 비문이라 하지 않는 것은 사실의 서술이거나 설명이 아니라 문맥을 비유로 형상화해 나가고 있기 때문이다. 어느 편이냐 하면 진술적이기보다는 서정적이다. 논리에 호소하는 글이 아니라 감성에 호소하는 글이다. 짧게 끊어 도막을 내지 않았을 뿐이지 산문 지향의 서정문이다. 총 6개의 문장이므로 여섯 도막의 도막시라 할 수 있을 것이다. 그러나 시형은 함축적이기보다 풀어내는 서정이므로 산문시다. 요지를 정리해 보면 기, 승, 전, 결의 짜임을 보인다.

* 기(첫째 문장): 논개는 민족 가슴에 살아 있다.
* 승(둘째 문장): 논개는 기생으로서가 아니라 민족의 처녀로서 추앙받아야 한다.
* 전(셋째, 넷째 문장): 왕이나 썩은 벼슬아치들이 오랑캐를 막지 못할 때 논개는 오히려 죽어서 전체를 살리는 이치를 보여주었다.
* 결(다섯째 문장): 충혼의 물빛 흐르는 자리, 돌 하나 세워 영원히 기리노라.

산문시지만 속으로 흐르는 의미는 이렇게 짜임 안에서 정연해 보인다. 그런데 이 산문시에도 현대시가 갖는 양념이라 할 수 있는 애매성의 부분이 있음이 주목된다.

썩은 벼슬아치들이 외람되이 높은 자리를 차지하여 민족을 고달피고 나라를 망친 허물과 표독한 오랑캐의 무리가 어진 민족을 노략하므로 식어진 어미의 젖꼭지에 매달려 애기들을 울린 저주를 넘어 죽어서 오히려 사는 이치와 하나를 바쳐 모두를 얻는 도리를 증명한 그를 보면 그만이다.

우선 문장의 연결이 안 된다. "썩은 ~ 노략하므로"까지는 무난하지만 "식어진 ~ 넘어" 부분이 말이 맞지 않다. 억지로 풀면 "젖꼭지에 매달려"를 "애기"와 연결시키지 말고 부녀자의 가정 지키기 쪽으로 해석하면 되기는 된다. 그 자체가 애매성을 떨치지 못하는 표현으로 요령부득이라 할 수도 있다. 그런데 진주 사람들은 설창수가 이 산문시를 기회 있을 때마다 공개 석상에서 낭송하는 것을 들었다고 한다. 낭송하면서 자기 시의 난해대목을 어떻게 처리했는지 궁금해진다.

4) 배경은 남강 의암, 집필지는 다솔사

산문시의 역사적 배경은 임진왜란이고 더 좁히면 승첩을 이룬 전투가 아니라 대첩 다음해 일어났던 진주성 계사년 전투를 말한다. 대첩은 김시민 장군의 임란 3대첩이었는데 이를 보복하기 위해 1593년 4월 왜군은 10만 대군을 진주에 집결시키고 진주성을 침범했다. 이때 성에는 약 2만여 수성군이 있었고 밖에서 지원해 온 부대는 없었다. 6월 19일부터 시작된 전투는 거의 열흘 넘게 공방전을 펼치다가 결국 여러 악조건이 겹쳐 패하고 말았다. 군, 관, 민 7만 명이 옥쇄했다. 끔찍한 희생이 있고 난 뒤 의기 논개가 의암에 오른 것이었다. 그리고 그는 민족의 대참사 앞에서 연약한 아녀자의 몸으로 왜장을 껴안고 남강물에 투신했다. 전투의 현장에서 인간이 할 수 있는 최선의 대응으로 적장을 죽여 조선인의 나라 위한 단심이 얼마나 매운 것인가를 보여주었다.

그 결행의 현장이 시의 배경이다. 설창수의 이 시비 외에도 수많은 시인들이 논개의 아리따운 희생을 찬양했다. 한용운의 「논개의 애인이 되어서 그의 廟에」, 변영로의 「논개」, 서정주의 「진주 가서」, 조태일의 「논개양」 등이 그런 작품들이다. 「의낭 논개의 비문」에서 배경이 직접적으로 표현된 구절은 아래와 같다.

> * 한 줄기 푸른 물과 한 덩이 하얀 바위가 삼백예순 해를 지날수록
> * 불로한 처녀 논개의 푸른 머리카락을 빗겨 남가람이 천추로 푸르러
> * 민족의 사랑만은 강물 따라 흐르는 것이 아니기에
> * 조국의 다사로운 금잔디 밭으로 물옷 벗어 들고 오실 당신을 위하여

논개의 의로운 투신으로 진주 남강, 의암 등은 단심, 충혼이 흐르고 감도는 곳으로 상징적인 의미를 갖게 되었다. 이로써 남강은 덕천강이나 경호강이나 영산강 같은 자연적인 의미의 강과는 구별되는 장소로서의 변별성을 획득하게 된다.

이 산문시 비문을 설창수는 1954년 어느 날 평소 잘 드나드는 진주 인근의 다솔사에 가서 하룻밤 묵으면서 썼다는 이야기가 전해지고 있다. 설창수 시인과 다솔사는 특별한 연고가 있었다. 일제하 한용운 스님이 다솔사에 은거하던 김범부, 김법린, 최범술 등과 지역의 문영빈, 오제봉, 설창수, 강달수, 이기주 등을 구성원으로 하여 만당을 조직했으므로[3] 설창수는 다솔사를 집 드나들 듯 했으리라는 짐작이 가능해진다. 설창수는 시 자체도 불가적 상상력으로 썼다는 점에 비추어 주지

• • • • •
3) 제2장 「독립운동」, 『곤명면지』(1987, 곤명면지편찬위원회), 352쪽.

밑에서 올려다 본 축석루

최범술과의 교분을 충분히 상정해 볼 수 있다. 어쨌든 진주지역의 문인들은 설창수 생존 시에 강연을 통해 「의낭 논개의 비문」을 다솔사에서 집필했다는 사실을 알게 되었다고 이구동성으로 증언해 주고 있다.[4] 거기에 덧붙여지는 신비적 요소가 있다. 다솔사에 들어가 요사채에서 하룻밤 묵고 난 이른 새벽, 문밖에서 요란한 소리가 나서 문을 열고 내다보았더니 큰 노루 한 마리가 피를 흘리며 죽어 있더라는 것이다.

설창수 시인은 이 범상치 않은 일을 보고 방으로 들어와 반야심경으로 마음을 다스린 다음 이어 집필에 들어갔다는 것이다. 이럴 때 그 집필 당시의 상황이 시에 영향을 준 것일까? 짚어볼 수는 있으나 별반 상황이 시의 지향에 지침 같은 것을 준 것이 보이지는 않는다. 다만 다솔사가 가지고 있는 정서 중에 '소신대'와 소신을 했다는 전설에 잇대어 그 내용을 굳이 찾는다면 소신공양이 아닐까 한다. 논개가 한 몸을 던져 전체를 얻었다는 것이 그 소신공양에 근접하는 이미지라 할 수 있겠기 때문이다.

• • • • •

4) 진주문인협회 회원 강동주, 송희복, 홍종기 등의 증언.

3. 이경순의 시 「流配地의 섬 – 창선도」

: 경남 남해군 창선면 상죽리 일원(배경)

1) 창선도는 유배지였나?

　동기(東騎) 이경순(李敬純, 1905.11.11.~1985.3.15)은 시 「流配地의 섬 – 창선도」를 남겼는데 제목에 나오는 '유배지'를 이해하기 위해서는 창선도가 유배지인가, 아닌가를 알아보는 것이 순서일 것이다. 일단 창선도는 경남 남해군 창선면이고, 소재지는 창선면 상죽리라는 점을 짚고 넘어가자. 『남해군지』 증보판(2010, 남해군지편찬위원회)의 '유배자' 목록을 보면 고려시대 이후 남해로 유배 온 사람으로 상당한 숫자가 밝혀져 있으나 유배지를 창선도로 하여 유배된 사람이라는 구별이 없다. 남해유배문학관의 '남해유배문학실' 자료에 자암 김구, 약천 남구만, 서포 김만중, 소재 이이명, 태소 김용, 후송 류의양 등이 기록되어 있지만 이들 중에 창선도에 유배 온 사람이 구분은 되어 있지 않다.

이것은 아마도 행정구역상 남해군에 창선도가 편입된 것이 순종 즉위년(1906)이기 때문에 그 이전은 남해가 아닌 타 지역의 속현이 되어 있었으므로 역사적으로 남해 개념 속에 창선도가 아예 없었던 데 그 원인이 있지 않을까 한다. 창선도 연혁[1]을 보면 삼한시대는 변진고순시국(弁辰古淳是國)으로 산청 단성현에 소속되어 있었고, 가야시대는 사물국으로 사천에 소속되어 있었고, 신라시대, 고려시대, 조선시대는 진주에 속해 있었고, 선조 37년(1604) 이후 삼천포 말문리에 속했고, 순종 즉위년 1906년에 비로소 남해군에 편입되었다. 그 사이는 진주로 유배 온 사람 중에서 창선도 유배자를 확인할 수 있을지 모른다. 그러나 그것은 불가능하리라 본다. 실제 있었다 하더라도 구체적인 일지나 그가 남긴 작품 속에 배경이 드러나지 않는 한 확인할 길이 없기 때문이다.

거기다 창선도는 예부터 목장의 기능을 한 섬으로 알려져 있다고 말하는 사람들도 있다. 절해고도인 것만은 사실이라 할 수 있겠다. 이경순 시인의 시에서 '유배지'는 남해가 갖는 일반적인 이미지와 시인 스스로 유배자가 되어 창선도에 제한적으로 거주했던 것, 그 두 가지가 복합되어 쓰인 것이 아닐까 짐작해 본다.

2) 창선도는 더 이상 절해고도가 아니다

남해군 창선면은 독립된 섬으로 32개의 행정마을로 이루어진 남해

1) 창선면사무소 홈페이지(www.namhae.go.kr) 참조.

삼천포 관광호텔에서 바라본 창선도 **연륙교**

군에서 가장 큰 면이다. 지난 2003년 창선, 삼천포대교(연륙교)가 개통됨으로써 섬 속의 섬에서 관광 중심도시 남해군의 새로운 관문으로 각광을 받고 있다. 창선 삼천포대교는 한국에서 가장 아름다운 길 100선에 선정되었고 죽방렴, 왕후박나무, 가인 공룡 발자국, 대방산 봉수대와 금오산성 등으로 천혜의 관광자원을 자랑하는 관광지가 되고 있다.

창선 삼천포대교 개통은 눈물과 애환으로 점철된 섬 지역 사람들의 고통을 일거에 해소시켜준 쾌거였고 남해군이 제2의 도약을 이룰 수 있는 발판이 마련된 것이었다. 총연장 3.4km에 구조와 형식이 각각 다른 7개의 교량을 1995년 착공하여 2003년 4월 28일 개통을 한 것이다. 더구나 지족해협의 명물로 자리 잡은 죽방렴은 조상들이 남긴 문화자산으로 어느 것과도 견줄 수 없는 독특한 유산이다. 전국에서 몇 안되는 원시어업인 죽방렴은 들물 날물 차가 크고 물살이 세며 수심이

거리를 두고 바라본 창선도 **죽방렴**

얕은 뻘밭에 참나무 막대기를 박아 대나무와 그물로 진을 쳐 물결을 따라 들어온 고기가 빠져나가지 못하게 만든 미로이다. 물고기들은 물살에 따라 연못처럼 잔잔한 V자에 들어와 놀다 결국 V자 정점에 설치된 임통에 빠져드는 원리다. 특히 죽방렴 멸치가 최고의 상품으로 알려져 있다.[2]

창선 옥천마을에 있는 대방산(468m) 봉수대는 국토의 최남단 봉수대로써 연기를 올려 전국 통신망으로 전달하는 기능을 갖는데 사천의 각산 봉수대로 전달하고 각산은 진주 망진산 봉수대로 전달하고 망진산은 다시 명석 광제산 봉수대로 전달하여 끝내는 서울 목멱산(남산)에 이르게 된다. 이 통신체계에 따라 행정구역이 설정되는 것이 아니었나 싶다. 창선도가 이 체계에 따라 진주목의 속현이 된 것으로 볼 수 있기 때문이다.

• • • • •
2) 위의 홈페이지.

이제 창선도는 더 이상 절해고도가 아니다. 하루 두어 번 들어오는 나룻배가 교통·연락의 수단이었던 때가 아니라는 말이다. 늘 시간 나면 바로 차를 몰아 섬 구석구석을 둘러보고 횟집의 회를 사먹으며 갈매기를 희롱하는 관광 1번지로서의 면모를 드러내는, 국토 남단의 사랑받는 지역인 것이다.

3) 이경순과 창선도

이경순은 1905년 진양군 명석면 외율리(현 진주)에서 태어나 1985년 진주시 봉곡동 374번지에서 작고했다. 1924년 일본 동경 사립 주계(主計) 상업학교를 졸업하고 1927년 일본대학 전문학부 경제과를 중퇴했다. 그는 징병을 피할 목적으로 1942년 늦은 나이에 일본 浦和市 京北 齒科醫專을 졸업했지만 광복 후 귀국하여 개업을 하지 않았다. 1949년 1월 『백민』 17집에 시 「유성」으로 데뷔했는데 이보다 앞서 일제 때부터 광복 이후까지 아나키즘 운동을 펼쳤다.

20여 년의 일본 생활 중에서 가장 가까이 있었던 것은 문학과 '흑우회'였다. 이 단체의 이념은 이상사회 실현과 중앙집권제 배격, 자유 자율 지방 분산과 자유연합 주장, 제국주의와 독재, 전제정치의 반대, 약소민족의 해방과 독립운동 동조 등이었다. 말하자면 아나키즘 운동 단체였던 것이다. 이경순은 한때 쇠창살 생활을 하기도 했다. 일본 천황 즉위식 때 학생탄압의 삼엄한 분위기를 피해 정태성 등과 국내로 들어와 문산 청곡사에서 당시 동경농업대학에 다니던 홍두표와 모여 아나키즘을 연구했다. 이때 진주경찰에 검거되어 홍두표는 면소되고

정태성과 이경순은 수감되어 5개월을 보내었다.[3]

광복이 된 뒤 이경순은 진주농림중학(6년제) 위생 선생을 맡아 큰 흑판에 여덟 자만 쓰면 흑판이 가득 차는 판서 때문에 화제가 되었었다. 그때에는 사회가 좌우로 첨예하게 대립했었고 학생들도 교사도 좌우로 나뉘어져 다투기 일쑤였다. 이 속에 이경순은 아나키스트로 자처하면서 중립을 지키고 있었다. 광복 후의 교육행정은 일제 잔재가 남아서 관료적이었다. 황운성 교장은 군수를 지냈고 교육계의 원로로서 초임지가 진주농림이었다. 연말 송년회 자리에서 사건이 발생했다. 동료교사가 함양으로 좌천이 되자 그 분풀이로 이경순이 교장의 머리에 청주를 부어버렸다. "야 이놈아, 네도 한 잔 해라." 이 사건을 보고 있던 교사들은 평소 교장에 눌려 말도 제대로 하지 못하고 있었는데 속이 다 후련하다고 생각을 했다는 것이다. 이상은 『동기 이경순 전집』에 실린 이명길 시인의 글[4]에 나오는 대목인데, 이어서 남해 창선중고등학교 교장 시절의 주변 이야기를 인용해 본다.

천성이 돈키호테적이어서 진농에 오래 계시지는 못했다. 그러나 진주상고와 남해 창선고교의 교장을 지내셨으니 교직복도 없다고 할 수는 없다. 교육행정가로서의 재능은 그렇게 뛰어난 편은 못된 것 같은 후문이다. 학사 결재 도장은 서무과장에게 맡겨놓고 교무행정은 교감에게 일임하는 타입의 교장 선생님이라 학교가 교직원들의 낙원이었음은 두말할 나위도 없다. 술좌석이 벌어지면 교직 위계나 나이 상하 구별 없이

3) 윤성효, 「진주의 인물 재조명(이경순)」, 『동기 이경순 전집(시)』(1992, 자유사상사), 446~447쪽.
4) 리명길, 「동기 이경순 선생에 대한 추억」, 위의 책, 476~477쪽.

이경순 시인이 교장으로 근무했던 남해 **창선고등학교**

더운 여름엔 빤스 바람에 떡 버티고 앉아 "자네들 하게, 하네."하며 수
작하시는 모습에 섬살이 학부형이 놀란 것도 무리가 아니다. (…중략…)
동기(東騎) 있는 곳에는 문학이 있었다. 기상천외한 시인 교장에 학부형
은 놀랐지만 창선에는 시인의 이해, 문학을 지향하는 분위기를 형성시
킨 것이 사실이다. 창선에 가서 우연히 동기 선생과 술자리를 같이 한
모약국 주인은 창선이 생긴 이래 괴학교장(怪學校長)이요 멋있었던 교
장이라 했다.

　지금까지의 이야기에서 이경순이 이른바 무정부주의 운동가였다는
것과 광복 후 진주농림학교 교사를 한 것과, 남해 창선고등학교(당시
는 사학으로 중고등학교를 운영) 교장을 한 것에 대한 정보를 얻을 수
있다. 이경순은 창선고등학교 교장을 지내는 1956년까지는 그의 호
'동기'가 갖는 뜻대로 좌충우돌이나 저돌적인 항거의 편린을 엿볼 수
있다. 그것은 다름 아닌 아나키즘으로 무장되어 살던 모습이 아직 가
시지 않은 채로 생활 속의 시인이 갖는 감성주의에 함께 젖어서 어울

리고 있었던 것이라 볼 수 있다.

4) 시의 배경은 유배지 같은 창선도

이경순은 「유배지의 섬—창선도」를 남겼는데 시집 『太陽이 미끄러 진 氷板』(1968, 문화당)에 실려 있다. 이 시집의 분위기는 불안한 존재 를 드러내는 시들로 가득한데 그 기법은 모더니즘의 것으로 읽힌다. 입체파, 결투, 영, 실종, 심야의 방정식, 태풍, 대포와 뇌염, 태양의 계 도, 피뢰침, 익사자, 탈주인, 태양에 미끄러진 빙판 등 제목들이 평화 로운 서정에 관련되어 있지 않고 무엇인가 결단이 날 것 같은 분위기 를 보여준다. 모더니즘의 그 부정의식에 사로잡혀 있어 보인다. 거기 다 문명과 관련되는 입체파, 방정식, 피뢰침 등이 기하학적인 인상을 주면서 그 특징적 양상을 보여주는 것 같다.

이경순은 아나키즘 운동가이면서도 변증법이나 사회주의적인 경향 으로 흐르지 않았다는 점이 특이하다. 오히려 김기림류의 모더니즘에 빠져 있는 것이 분명해 보인다. 제목에 나타나는 기상대나 피뢰침 같 은 것이 그 실례에 속한다. 그런데 「유배지의 섬」은 또 다르다. 실험시 로서의 면모를 보이기보다는 한 편의 욕심 없는 서정시라 할 수 있다.

　　－白鷗야 껑충 날지 마라 네 잡으러 내 아니 간다.
　　노래소리가 들려온다

　　이곳은 푸른 꿈이 피는 桃源境.

바다에서 떠오른 太陽이,

내 그림자를 물결에다 세워 놓고,

구름이 머물은 산 너머로

굴러간다.

杜鵑새가 봄을 不如歸로,

울고 울다가

어이! 봄바람을 따라갔는데,

山菊花 다시 향기를 피워,

내 가슴 傷한 흔적에다

한 층, 가을의 恨을 맺게 하나뇨.

유자나무가 있는 산 기슭에 돌비가 섰다.

○○○恤民善政碑

○○民人築立

이라고 刻해 놓은 글자에 이끼가 덮였고

옛적에는 돛단배를 타고 대만해협에도 滄波萬頃에,

이 날의 自由를 부르는 風浪 소리가 높으다.

白鷗야 놀래지 마라.

過去와 未來가,

明暗을 反芻하는 위치에서

靑春인들 가고 오고

인용시는 「유배지의 섬」 전문이다. 화자는 지금 창선도를 바라보는 것이 아니라 창선도 안에 있다. 그러면서 창선도에 있는 사물이나 풍

남해 지족리에서 바라다 본 **창선도 남안**

경을 말하고 있다. 백구가 나는 모습이 보이고, 바다의 태양이 뜨고, 두견새 울음 울고, 산국화 피고 가을의 한이 서리고, 유자나무가 산기슭에 있고, 선정비가 오랜 이끼에 덮여 있고, 창파 만경에 풍랑이 거세다는 것, 그것이 화자가 당면하는 창선도이다. 이 풍경이 속절없이 유배지일 수밖에 없다는 것 아닌가. 그러므로 유배지는 실제 유배를 온 자들과 역사가 풍겨내는 스토리가 있는 것이 아니다. 그냥 화자가 존재하는 그곳이 유배 온 자의 심사가 되고 있다. 추측컨대 화자는 남해도 일대가 고려 이래 유배지로서의 자리를 확보하고 있기 때문에 막연히 그 부속 섬인 창선도 마땅히 유배지라는 인식에 도달해 있는 듯이 보인다. 그러나 화자는 유배지로서의 창선도가 필요조건이 아니다. 지금의 화자를 고독하게 만들고 상처로서의 한을 불러일으키는 곳이기 때문에 유배는 하나의 의미를 가지게 되는 것이다.

창선도 동편에 보이는 섬들

제6연에서 화자는 "自由를 부르는 風浪 소리가 높으다."고 말한다. 풍랑은 자유를 부르고 화자는 자유가 없이 섬에 꼼짝없이 갇혀 있다. 시인이 이런 화자를 세우게 되는 창선도 생활은 과연 어떤 것이었을까? 연보나 참고자료를 읽으면 돈키호테와 같은, 아니면 산초와 같은 좌충우돌이 있을 뿐인데 그의 내면은 고립무원의 '위리안치' 같은 것이었을까? 그랬을 것이라는 해석에 닿을 수 있다. 이경순은 창선도 시절이 교장으로서의 보장된 직업에 안주할 수 없었던, 나름의 젊은 날의 트라우마를 안고 살았던 것이 아닐까. 그가 발령받아 간 그것 자체가 제도였고, 하루에 두세 번씩 들어오는 배를 통해 전달되는 잡다한 공문서들도 제도였고, 스승과 제자, 학부모와 교사들 사이가 제도였다는 것을 생각해 볼 수 있다. 그래서 시인 교장은 한 1년 남짓 지내다가 갈매기 등에 업혀 귀향하고 만 것이었을까.

4. 김원일의 『겨울 골짜기』

: 경남 거창군 신원면 일대(배경)

1) 소설의 소재는 '거창사건'

장편 『겨울 골짜기』의 소재는 6·25 공간에서 일어난 '거창양민학살사건'이다. 이 소설은 1987년에 발표되고 1994년에 개정판을 내었다. 김원일은 초판 「서문」에서 거창사건을 소재로 한 배경을 다음과 같이 밝히고 있다.

> 거창사건은 6·25전쟁이 우리 민족에게 남긴 상처로, 떠올리고 싶지 않은 기억 중의 하나이다. 이 땅에 다시는 동족상잔의 전쟁 없이 평화적 통일을 지향해야 하며, 거창사건과 같은 비극이 되풀이되어서는 안 된다는 소박한 마음에서 그 소재를 소화해 보려고 여러 차례 시도했으나 섣부른 열정만으로 소설이 될 리가 없었다. '그런 문제와 부딪히지 않는 너의 분단류 소설은 가짜다.' 란 힐책이 빚쟁이처럼 7, 8년 나를 따라다녔다.[1]

김원일은 거창사건을 소설화하는 데는 많은 시간을 소요하면서 분단류 소설이 갖는 문제점을 짚어보는 가운데 사건의 형상화 방법을 나름으로 세우는 일에 골몰한 것으로 보인다. 그러면 소재가 된 '거창사건'은 어떤 것인지 먼저 살펴보자. 거창사건은 '거창양민학살사건'의 준말이다. 국군이 양민을 적으로 삼아 719명을 학살한 사건이다. 거창사건 관리사업소 홈페이지(case.geochang.go.kr)에 나타난 사건일지는 아래와 같다.

> * 1951년 2월 9일, 신원면 덕산리 청연골에서 주민 84명 학살
> * 1951년 2월 10일, 대현리 탄량공에서 주민 100명 학살
> * 1951년 2월 11일, 과정리 박산골에서 주민 517명 학살
> * 1951년 2월 9일~2월 11일, 기타 지역에서 18명 학살 등

이 일지 다음에 작성된 사건 내용을 적의하게 정리하고자 한다. 이 사건에서 학살된 인원은 모두 719명인데 15세 이하 남녀 어린이가 359명, 16~60세가 300명, 60세 이상 노인이 60명으로 남녀별로 보면 남자 327명, 여자 392명으로 집계된다. 당시 11사단(사단장 최덕신) 9연대(연대장 오익경) 3대대(대대장 한동석) 병력은 총검으로 양민을 학살하고 처참한 시신 위에 마른 나무를 얹고 기름을 뿌려 불로 태우기까지 했다.

왜 11사단 9연대는 이런 끔찍한 학살극을 벌인 것일까? 신원면 일대의 주민들이 직전 3·15부대 해방구 시기에 인민군에 부역을 했다

•••••
1) 김원일, 초판 「서문」, 『겨울 골짜기』(1993, 이룸), 6쪽.

는 것이 죄목이다. 그런데 부역은 주로 남자 어른들이거나 여성으로서의 일부 간부가 지목되었을 것인데 15세 이하 남녀 어린이가 359명이나 죽었다. 이것은 무엇으로도 설명이 되지 않는다. 그리고 부녀자가 392명으로, 이것도 납득시킬 명분이 없다. 이 학살극에는 최덕신 사단장이 중국 국부군 시절의 '견벽청야(堅壁淸野)'라는 작전을 적용한 것이 뒤에 알려졌다. 지킬 수 있는 지역은 견고히 벽을 쌓고 어차피 내어줄 지역은 말끔히 청소해 버린다는 가공할 작전이다. 신원면은 청소 대상이므로 남녀노소 가릴 것 없고 소, 돼지, 말은 물론이고 보금자리로 삼아 살고 있는 집도 태워 없애버린다는 것이다.

1951년 3월 21일 거창 출신 신중목 국회의원에 의해 국회에 폭로되고 국회와 내무·법무·국방부의 합동 진상조사단이 구성되었다. 조사단이 1951년 4월 7일 신원면 사건 현장으로 오던 중 길 안내를 맡은 경남 계엄민사부장 김종원 대령은 신성모 국방장관과 모의하여 9연대 정보참모 최영두 소령의 수색 소대로 하여금 군인을 공비로 위장 매복시켜 수영더미재에서 조사단에게 일제히 사격을 가해 조사를 못하고 돌아가게 했다. 1951년 12월 16일 군법회의 판정 판시에서 9연대장 오익경 대령 무기징역, 대대장 한동석 소령 징역 10년, 계엄민사부장 김종원 대령 징역 3년의 실형이 확정됨으로써 책임이 국가에 있음을 밝힌 것이다. 이 재판에서 신성모 국방부 장관이나 최덕신 사단장을 기소하지 않은 것이 재판의 흠결이라 할 수 있고, 같은 '9연대 작명5호'로 산청 함양지구에서도 705명이나 희생된 동일벨트 작전을 은폐한 것이나, 거창의 719명의 희생자 수도 2백이 안 되는 숫자로 축소 은폐하여 재판을 끌고 간 것 등은 과거사 정리에서 바로잡아야 할 사항이라 할 것이다.

2) 김원일은 '거창사건'을 어떻게 다루었나?

김원일(1942~)은 경남 김해 진영읍에서 태어나 대구에서 청소년기를 보내고, 영남대학교를 졸업했다. 1966년 소설가로 데뷔하여 그동안 장편소설로 『노을』, 『마당 깊은 집』, 『바람과 강』, 『늘 푸른 소나무』, 『불의 제전』, 『가족』, 『슬픈 시간의 기억』 등을 내었다. 『김원일 중, 단편선집』 전 5권과 『물방울 하나 떨어지면』을 출간했다. 현대문학상, 한국일보문학상, 동인문학상, 이상문학상, 황순원문학상 등을 수상하기도 했다.

김원일은 초판 「서문」[2]에서 실제와 픽션 부분에 대해 언급하고 있다.

> 85년 장편소설 『바람과 강』을 끝낼 즈음, 오랜 직장생활을 청산한 터여서 나는 거창군 신원면을 현지 답사했고, 그해 가을부터 올 2월까지 이 작품에만 매달렸다. 51년 그 사건 당시 막 출산한 아기 덕분으로 천조일우 살아난 한 가족이 있었다. 나는 그들을 만나려고 애쓰지는 않았다. 상상력이 구속당하는 데 따른 부담감을 줄이면서 나는 소설의 뼈대를 그 가족을 중심 삼아 엮기로 작정했다. 『겨울 골짜기』는 2500장 분량으로 거창사건을 다루었지만 8할쯤은 픽션이고 2할쯤이 논픽션에 해당될 것이다.

김원일은 거창사건을 큰 뼈대로만 받아들이고 그 외의 것은 상상으

2) 위의 글.

로 채워넣은 것을 알 수 있다. 대현리 출신 삼 형제 문한병, 문한돌(석), 문한득을 주인공으로 각기 색깔이 분명한 배역을 삼았지만 그 세 사람의 경우 문한돌을 빼고는 소설 속의 캐릭터가 현실과는 같지 않았다. 문한병이 보도연맹에 연루되어 보도연맹 예비검속에 걸려 죽었다는 것은 현실에 없는 일이고, 막내 문한득이 인민군 팔로군에 들어가 신원지구 해방전선에서 용맹을 떨쳤다는 것도 없는 일이었다. 그리고 신원분주소(경찰) 축대 쌓기에 동원이 된 각 마을 지도자들이 사역에 동원된 분주소 소재지는 양지리가 아니라 과정리였다. 이것은 김원일이 취재과정에서 동네 노인들이 질문의 본지를 파악하지 못한

채 대답한 것을 근거로 이야기를 얽은 것이라 짐작된다. 증언자의 말에 의하면 주인공 문한돌의 본명은 따로 있고 그의 부인이 신원초등학교 교장 사택에서 아들을 낳았다는 것은 사실이라는 것이다. 증언자는 거창군 신원면 대현리에 거주하는 사건 당시 진주에서 중학교 1학년이었던 김학수(77세) 씨였다. 대현리에는 현재 주인공 문한돌의 가까운 복내 일가 문장도(85) 씨가 생존해 있다. 이 자리에서 소설과 무관한 내용의 자료도 얻을 수 있었다. 소설 속에서 태어난 아이는 집안의 생명을 살려낸 명줄이라는 뜻의 한자로 이름을 지어 불렀다는 것이고 그 아이가 자라 대기업 S사의 사장을 지냈다는 이야기이다.

주목할 것은 이 소설이 실제 사건의 시간대를 정밀히 맞추지 않고 있는데 일부러 그렇게 한 것은 아닐지라도 그런 것은 픽션으로 가능한 일에 속한다. 한 예로 1951년 2월 7일에 사건의 주역인 11사단 9연대 3대대가 신원면을 그냥 통과해 가는데 그날은 산청 함양에서 같은 부대가 하루 동안 4개 마을에서 705명을 학살한 날이다. 작가가 이런 자료까지 입수할 수 있었다면 이렇게 어긋나는 구성을 하지 않았을 것이다. 그리고 거창에서 움직이는 9연대 3개 대대의 병력 이동도 이동과정이 실제와는 어긋나고 있다. 특히 1대대 2대대의 이동이 실제와는 거리가 있다.[3] 김원일은 문씨 삼 형제에 대한 취재를 깊이 할 수 있었지만 그만두었다고 말하고 있다. 작품의 상상력을 제한받고 싶지 않다는 이유에서였다. 사건 시간대별 과정의 경우도 그런 관점에서

•••••
3) 산청함양사건희생자유족회, 『산청함양사건의 전말과 명예회복』(2004, 열매), 83~166쪽 참조.

볼 수 있을 것이다.

3) 주제, 그리고 구성형식

이 소설은 다 읽고 나면 거창사건에서 희생된 주민들에 대한 생각에만 머물게 되지 않는다. 그 희생도 많은 희생 중에 하나로 자리 잡고 있다. 그러므로 김원일은 전쟁은 철저히 인간을 죽음으로 내몰고 삶에서의 안주와 평화를 깡그리 파괴하는 것이라는 점에 악센트를 준다. 김원일이 이데올로기에 대해서는 말하지 않는다. 주민과 인민군은 걸치고 있는 옷만 같지 않을 뿐 배곯이에서 벗어나야 한다는 것, 죽음의 공포로부터 벗어나야 한다는 것, 전쟁을 얼른 끝내고 집으로 돌아가야 한다는 것 등에서는 지향이 다르지 않다. 그래서 작가는 휴머니스트인 셈이다.

이 소설은 전 6장으로 구성되어 있다. 1장은 '겨울 들머리—산 1', 2장은 '들피진 삶—마을 1', 3장은 '전투, 첫 경험—산 2', 4장은 '빼앗긴 사람들—마을 2', 5장은 '하루살이—산 3', 6장은 '먼 봄, 겨울 끝—마을 3'으로 연결된다. 산과 마을로 대칭되는 상황을 짝 지우는 가운데 전쟁이 주는 처절한 죽음과 상처를 각인해 나간다. 전6장의 내용을 보다 구체적으로 보면 다음과 같다.

> 제1장 문한득의 3·15부대 활동(산)
> 제2장 문한돌의 분주소 노역(마을)
> 제3장 문한득과 3·15부대의 신원승리작전(산)
> 제4장 3·15부대의 신원면 접수, 문한돌의 수난(마을)

제5장 3 · 15부대의 철수와 전투, 문한득 사망(산)
제6장 11사단 9연대 3대대의 신원면 진입과 주민 719명 학살,
　　　문한돌 일가의 행운(마을)

　이 소설은 앞에서도 말한 것처럼 문씨 형제를 중심으로 산과 마을의
상황을 펼쳐 나간다. 1장은 문한득이 거창지대에 있다가 3 · 15부대에
차출된 이후 그 부대의 전쟁준비 상황이 리얼하게 그려진다. 이 상황
을 만나면서 독자들은 빨치산 내지 인민군도 오장육부를 지닌 사람이
라는 것, 이데올로기의 노예가 된 것이 아니라 인간으로 숨쉬며 승리
를 위해 힘들게 매진한다는 것을 알 수 있게 된다. 2장은 대현리 주민
들이 경찰 분주소 부역에 하는 수 없이 차출되어 인민군 치하가 되었
을 때는 가차 없이 징벌을 받을 것이라는 생각으로 하루하루 제 몫을
다해낸다. 문한돌의 심사는 간단치가 않다. 형은 보도연맹의 예비검
속으로 이미 죽었고, 동생 한득이는 산사람이 되어 있고, 이제 또 부
역을 하면 인공치하에서 살아남기 어렵다는 불안으로 보낼 수밖에 없
는 것이다. 문한돌의 처지는 마을 사람들의 걱정에 그대로 이어진다.
3장은 문한득이 소속된 3 · 15부대의 신원승리작전으로 신원면 분주
소를 습격하고 신원면 일대를 해방지구로 만드는 이야기다. 총소리가
멎고 신원분주소는 일층 망루를 물들인 채 시체 다섯 구가 버려져 있
었다. 분주소 점령은 1950년 12월 5일 18시 44분이었다.
　4장은 3 · 15부대의 신원면 접수와 문한돌(석)의 수난으로 요약된다.
인민군은 감악산 줄기 아래 남쪽 땅 74만km²를 손에 넣고 양지리 율
원초등학교 운동장에서 인민해방군 환영대회를 연다. 마을 단위 농민

위원회가 조직되고 이어 율원인민학교에서 군중심판이 있었다. 군중
심판 뒤로는 문한돌 등이 경찰에 협조한 데 연루되어 취조과정에서
많은 수난을 받았지만 초주검이 되어 풀려났다. 이때 죽어간 마을 사
람들은 헤아릴 수가 없다. 5장은 3 · 15부대가 신원면에서 산으로 철
수하고 거창읍에는 속속 11사단, 전투경찰, 청년방위대 등 2천여 병력
이 집결하는 일촉즉발의 대치 상황으로 시작된다. 국군 주공부대는
3 · 15부대가 철수한 과정리, 양지리를 지나가고 그곳에 전투경찰대와
청년방위대만 남겨두었는데 3 · 15부대는 이때를 틈타 18작전을 펴고
전투경찰대와 청년방위대를 기습 공격하여 심대한 타격을 입혔다. 이
전투에서 3 · 15부대 송 중대장이 전사하고 문한득이 최후를 맞이했

주민 500여 명을 몰아넣고 학살했던 **박산골**

다. 6장은 기습 공격을 당한 신원면 일대를 주공부대인 11사단 9연대 3대대가 재차 진입을 하여 밖으로 피난 나가려는 주민들을 요소 요소에서 차단하고 9일부터 마을을 불사르고 학살극을 벌인 내용이다. 산발적인 학살을 시작하여 대현리 주민을 비롯한 인근 주민들을 탄량골에 밀어넣고 100여 명을 무자비하게 학살했다. 10일 밤에는 주민들 5백여 명을 신원초등학교 교실에 밀어넣고 다음날 날이 밝자 주민들을 몰아 박산골짜기로 가 517명을 학살했다. 10일 밤 문한돌의 아내가 교실에서 해산하려는 진통을 하기 시작하자 보초병이 이를 보고 학교 뒤 교장 사택으로 들어가 해산하라고 선심을 쓴다. 아내는 병사들의 배려로 새벽녘 아기를 순산했다. 교실에 수용된 주민들 중에 목숨을

거창사건 추모공원의 **천유문**(인간 세계와 유계를 잇는 문)

부지한 가족은 문한돌 가족밖에 없었다.

『겨울 골짜기』는 이렇게 마을과 산이라는 진영 간의 전투가 엎치락
뒤치락 하는 가운데 폐회선언 같은 코멘트도 없이 막을 내리고 있다.
이 작품을 읽어가는 동안 독자는 어떤 컴퓨터 게임 같은 게임논리에
빠질 수가 있음을 주목하게 된다. 말하자면 어떤 쪽이 이기고 지는 것
에 관심이 가도록 하는 것이 아니라 끊임없이 당하고 치는, 그래서 별
생각이 없이 전쟁이라는 참화 속에 놓여 일진일퇴하는 긴장이 주어지
는, 그런 읽기의 수행을 맛보게 된다. 6장의 학살 참극은 그 앞장들의
학살이나 단죄와는 사뭇 다른 성질의 규모이지만 그럼에도 학살의 참

거창사건 추모공원 묘역과 위령탑

위령탑 전경

상에 기울어지게 하기보다는 게임의 한쪽에 악센트가 좀 주어져 있다는 인식에 머물게 할 뿐이다. 작가로서는 의도가 성공한 것이라 할 수 있다. 산과 마을의 대치는 양자 대등함을 말하려는 것이고, 그것은 음성화되어 있던 인민군 내지 사회주의 이데올로기의 양성적인 노출에 관련되는 것이기 때문이다.

4) 배경, 그리고 남은 말

소설 『겨울 골짜기』의 배경은 경상남도 거창군 신원면 일대이다. 신원면 중에서도 과정리, 양지리, 대현리, 탄량골, 박산골, 신원초등학교 등이 된다. 거기다 3·15부대(팔로군)의 산채였던 산청군 오부면이 포함될 것이고 차황면 일부도 해방구에 속했으므로 광의의 배경에 들어간다. 현재 희생자 합동묘역은 감악산 아래 청연골에 있고 추모공원은 대현리에 있다.

소설 『겨울 골짜기』는 거창사건희생자유족회 쪽에서 보면 학살 부대의 경로나 학살 부대의 천인공노할 비인간적, 비인도적 만행에 대한 처사나 '견벽청야' 작전의 인권유린적 성격에 대해 진실한 접근으로 후세만대에 공지해 나갈 사료적 가치를 제고하지 못했다는 점에서 매우 아쉽다는 입장을 가질 수 있을 것이다. 소설이라는 것은 픽션이고 상상의 산물이라는 것이고, 또 작가의 자의적 해석이기 때문에 작가 김원일에게 어떻다고 말할 수 있는 일이 아니다.

앞으로 거창양민학살사건은 명예회복법은 통과가 되었지만 아직 배상법이 통과되지 않아 생존 유족들이 연로하여 속속 돌아가고 있다는 점에서 안타깝기 이를 데 없다고 하겠다. 시인들은 시를 써서 그 진실을 표현하고 소설의 경우 더 많은 작가들이 이 배경 속으로 들어와 피해자와 비피해자의 경계를 허물어주길 바랄 뿐이다. 이쯤에서 필자는 누구나 한 번쯤, 거창군 신원면 역사를 끌고 나와 그 아픔 속에 민족이 있음을 들여다보고 묵묵히 사색에 들어가 보았으면 하는 마음 간절해진다.

5. 박재삼의 시 「천년의 바람」

: 경남 사천시 동서금동 노산공원 (배경)

1) 박재삼과 삼천포

박재삼(朴在森, 1933~1997)은 일본 동경에서 태어나 네 살 때 삼천포로 와 성장했다. 그 배경을 한 수필에서 다음과 같이 썼다.

나는 태어나기는 일본 도쿄였지만 4세 때 어머니의 고향인 삼천포로 오게 되어 그때부터 고등학교를 졸업할 때까지 근 20년을 살았다. 지금도 형과 누이는 거기서 살고 어릴 때의 친구들도 많이 남아 있다. 이제는 교통이 좋아 어디에고 수월케 다닐 수 있지만, 내가 어렸을 때는 퍽교통이 불편하기만 했다. 거기다 우리 집은 가난했기 때문에 내가 외지에라고 나가본 것은 한국전쟁 전 진주에서 영남예술제(개천예술제를 처음에는 그렇게 불렀다)가 열려 중학교 2학년 때 한글시 백일장을 한다고 간 것이 유일한 기회였다.[1]

박재삼은 중학교 때 제1회 개천예술제 백일장에 나와 차상을 받은 바 있다. 그의 어린 시절은 부모가 노동일을 해 겨우 끼니를 해결했지만 자주 굶고 학교를 다닌 것으로 알려져 있다. 박재삼은 삼천포에서 제일 유명한 횟집 '미찌집' 아랫방에서 한때를 보냈다고 하는데 먹는 것은 쉽게 해결되었으리라 짐작이 되지만 그렇지 않았다. 그의 수필들에서 보면 형이 여관에 심부름꾼으로 나가 일할 때 손님들이 남기고 간 빵 부스러기에 의지하기도 했다는 이야기가 전해지는데 참 힘든 시기를 보낸 것 같다.

앞에 예를 든 「팔포, 그 슬픔과 허무의 바다」를 더 읽으면 박재삼이 중학교 갈 돈이 없어서 쉬고 있는데 삼천포여중학교 사환자리로 가서 일하다가 야간학교가 생겨 밤에는 수업을 듣고, 낮에는 사환 일을 했다는 것을 알 수 있다. 그러다가 야간학교가 폐쇄되면서 주간학교로 옮겨 수석으로 졸업했다. 졸업 후 부산으로 가서 은사인 정헌주 의원 댁 서사로 일하다가 1954년 서울로 가 새로 창간한 현대문학사 기자를 하면서 죽을 때까지 문단 생활과 사회 생활을 그쪽에서 했다. 그는 부산에 있을 때 『문예』에 시조 「강물에서」가 추천되고 상경 후 『현대문학』에 시 「정적」이 추천되어 시단에 발을 들여놓았다. 그는 시집으로 『춘향이 마음』(1962), 『햇빛 속에서』(1970), 『천년의 바람』(1975) 등 16권을 내었고 수필집으로 『슬퍼서 아름다운 이야기』(1977), 『빛과 소리의 풀밭』(1978) 등 10여 권을 내었다.[2]

• • • • •

1) 박재삼, 「八浦, 그 슬픔과 허무의 바다」, 『삶의 무늬는 아름답다』(2006, 박재삼기념사업회), 2쪽.
2) 박재삼, 「연보」, 『박재삼 시 연구』(2009, 박재삼기념사업회), 1쪽.

박재삼문학관 정면 모습   문학관 내부의 **박재삼 흉상**

2) 시비와 박재삼문학관

박재삼 시인이 청소년 시기 늘 오르내렸던 노산공원은 박재삼 정서의 곳간이라 할 수 있지 않을까 한다. 노산공원에 올랐다가 바닷가로 내려가기도 하고 팔포 매립지 방파제로 갈 수 있기 때문이다. 노산공원 입구에는 '박재삼문학관 호연재'라는 안내판이 크게 세워져 있다. 호연재는 문학관과는 무관한 한식 건물인데 지역의 유림들이 쓰는 시설이다.

노산공원에는 1988년에 '박재삼 시비'가 세워졌는데 새겨진 시는 제3시집의 표제이기도 한 「천년의 바람」이다. 지역의 삼천포청년회의소에서 시비를 세웠는데 그 옆에 안내판이 있다.

우리 고장이 낳은 시인 박재삼은 겨레의 情과 恨, 삶에서의 기쁨과 슬픔을 그만의 특이한 목소리로 노래하여, 그 시정신이 소월, 영랑과 맥을 같이하는 민족 서정시의 전통을 이었다는 평가를 받고 있다. 그는 일본

노산공원에 있는 **박재삼 시비** –「천년의 바람」

동경에서 태어났으나 4세 이후 이곳 바닷가에서 자랐다. 여기 시 거리와
노산공원은 그가 자주 올라 이슬 같은 시심을 기르던 곳이고 그의 시 속
에 나오는 햇빛, 바다, 나무 등의 자연을 만날 수 있는 곳이기도 하다.

그는 중학교 때 은사 김상옥 시조시인을 만나 문학수업에 열중하게
되었고 (…중략…) 때를 묻혀야 살아갈 수밖에 없는 세상에서 때묻지
않은 시혼을 죽을 때까지 간직한 박재삼 시인의 흔적이 이곳을 찾는 사
람들에게 좋은 선물이 되었으면 한다.

안내문 속에 여기 와서 박재삼의 햇빛, 바다, 나무 등을 만날 수 있
다고 했는데 하나가 빠져 있다. '바람'이다. 「천년의 바람」은 그 바람
을 가지고 쓴 것이다.

　　천년 전에 하던 장난을
　　바람은 아직도 하고 있다
　　소나무 가지에 쉴 새 없이 와서는
　　간지러움을 주고 있는 걸 보아라

아, 보아라 보아라
아직도 천년 전의 되풀이다.

그러므로 지치지 말 일이다
사람아 사람아
이상한 것에까지 눈을 돌리고
탐을 내는 사람아.

— 「천년의 바람」 전문

　시비에는 1연만 새겨져 있는데 돌 크기와 글자 크기를 고려한 것이
아닐까 한다. 이 시는 박재삼의 시 특유의 체현적 가벼움 같은 흐름을
보인다. 문맥이 물 흐르듯, 구름 흐르듯 자연스럽게 흐른다. 언어도
어렵다거나 어디 걸리는 데가 없이 "보아라"나 "사람아" 같은 대화의
토막을 넣어 여유 있는 입체감을 드러낸다. 바람은 지속하여 부는데
천 년 전이나 지금이나 변함없이 분다는 것이다(1연). 그 지침 없는 되
풀이를 보면서 사람들도 초심을 잃지 않고 살아가야 함을 강조하고
있다(2연). '현상'에 '해석'을 더한 구조다. 해석하기에 따라 자연의
영원성과 인간의 유한성을 대비한 교훈적인 세계를 보여주는 것으로
읽을 수 있다.

　그리고 '장난'이라 한 것과 '간지러움'이라 한 것이 주목된다. 바람
은 엄숙하거나 경건한 것이 아니라 장난기 어린 것, '간지러움'을 주
는 것이라는 표현은 무엇인가. 자연적 질서, 곧 바람의 연속적인 흐름
은 순환이고 되풀이인데 그 자체는 달관이고 가벼움이다. 가볍다는
말은 비중이 가벼운 것이 아니라 순환의 속성이 오달하거나 초월적이

문학관 옆 벤치에 앉아있는 **박재삼 좌상**

다. '구름에 달 가듯이'와 같은 초연이다. 말하자면 체현적 가벼움일
것이다.

박재삼문학관은 노산공원 입구에서 5분 거리에 3층 건물로 솟아 있
다. 동백나무, 소나무, 느티나무 등 오래된 잡목들이 우거진 공원 한
복판에 자리 잡고 있다. 이 장소에서 박재삼은 한없이 눈물 흘리며 청
소년기를 보냈다. 말하자면 박재삼의 애환이 서려 있는 곳에 터를 닦
고 기둥을 세웠다. 1층에는 전시실, 사무실, 자료실이 있고, 2층에는
문예창작실, 다목적실, 준비실, 휴게실 등이 있으며, 3층에는 어린이
도서관, 옥외휴게실 등이 위치해 있다. 옆 언덕에는 유림들의 호연재
가 위치해 있고 문학관 아래쪽에는 야외 휴게소로 벤치에 박재삼 좌
상이 있다. 문학관의 오른쪽에는 별동이 붙어 있는데 2층, 3층에 문인
집필실이 있다. 방에 들어가면 서쪽 바다 쪽으로 창이 달려 있고 창밖

은 삼천포 창선대교가 드러나 노을이 비낀 신비스런 바다 서녘이 따뜻한, 또 하나의 안방같이 다가온다. 여기에서 시를 쓰는 시인은 대작 「新, 노을이 타는 가을강」을 연작으로 써낼 것 같다.

3) 박재삼 묘역, 그리고 문학제

박재삼의 묘역은 현재 공주 부근에 있다고 기념사업회 관계자는 귀띔해 준다. 왜 공주일까? 공주 출신의 제자가 박재삼 시인에게 평소에 선생님 유택은 제가 마련해 드릴까 합니다, 하고 청을 하고 대답을 얻어 가족들 동의를 최종적으로 받았다는 것이다. 그렇게 쉽게 장례를 치룬 것처럼 보이는데, 박재삼을 사랑하는 독자들 입장에서 보면 삼천포의 상징적인 시인의 묘역도 마땅히 삼천포 지역에 있어야 기리는 권역이 보다 확실해지지 않을까 생각한다. 기념사업회나 예총, 사천시 쪽에서는 앞으로 이장에 관한 문제를 해결하기 위한 계획을 세우고 있다는 소식도 반갑게 들린다.

박재삼문학제는 해마다 6월에 문학관 일원에서 열리고 있는데 박재삼문학상, 사천지역문학상, 학생백일장, 세미나, 문인바둑대회 등의 행사를 치러오고 있다. 그런 흐름 위에 시 「천년의 바람」은 행사를 다져주는 메시지같이 바람결에 저절로 낭송이 되어 흐르다가 나그네의 가슴으로 스며든다.

6. 이은성의 소설 『소설 동의보감』

: 경남 산청군 산청읍 (경상도 山陰縣, 배경)

1) 『東醫寶鑑』의 저자와 『소설 동의보감』의 저자

조선시대 『東醫寶鑑』은 1596년 선조의 명을 받아 광해군 2년에 완성한 허준의 의학 서적이다. 임상의학적 방법으로 내과, 외과 등의 전문 과별로 나누어 각 병마다 진단과 처방을 내려놓았다. 동양 최고의 의서로 평가되고 있으며 모두 25권 25책으로 금속활자로 발행되었다. 이 책은 2009년 7월 31일 유네스코 세계기록유산에 등재되었다. 동서양을 통틀어 의서가 등재된 것은 『동의보감』이 처음이다.

저자 허준(許浚, 1546~1615)은, 본관은 양천(陽川), 자는 청원(淸源), 호는 구암(龜巖)이다. 명종 1년에 지금의 서울시 강서구 가양동에서 아버지 허론(許碖)과 어머니 김씨 사이에 차남으로 태어났다.

한편 『소설 동의보감』[1]은 이은성(李恩成, 1936~1988)이 지은 장편소설이다. 이은성은 경북 예천에서 출생하여 공보처 주최 시나리오 공모에서 「칼막스의 제자들」이 당선(1966)되고 동아일보 신춘문예 시나리오 부문에 「녹슨 선」이 당선(1967)되어 데뷔했다. 그가 집필한 드라마는 〈대원군〉(MBC), 〈세종대왕〉(KBS), 〈강감찬〉(KBS), 〈의친왕〉(MBC) 등이 있고 소설은 작고 후인 1990년 『일요건강』에 연재하던 『소설 동의보감』을 미완성인 채로 상, 중, 하 세 권으로 창작과비평사에서 내어 베스트셀러가 되었다. 이은성은 드라마로 먼저 허준의 일대기를 발표했는데 제목은 〈집념〉(MBC)이다. 그 이후 드라마로 〈허준〉 또는 〈동의보감〉, 〈구암 허준〉 등의 제목으로 5회 방영되었다. 원작은 언제나 이은성의 〈집념〉 아니면 『소설 동의보감』이었다.

2) 줄거리, 그리고 주제

주인공 허준은 평안도 용천군수의 서자로 용천 일대의 파락호로 세월을 보냈다. 서자로서는 과거의 길이 막혀 있고 앞으로의 진로가 전혀 기대치가 없어서였다. 아버지 용천부사는 아들 준이를 경상도 산음 땅 군수에게 의탁하는 서찰을 써주며 어머니를 모시고 그쪽에서 진로를 만들어 살아가라고 당부한다. 그때 마침 사대부로 귀양 온 부친이 용천에서 죽은 딱한 양가집 처녀 이다희와 사랑을 하여 모자와 다희 세 사람은 뱃길로 경상도 고성까지 오게 된다. 고성에서 산음까지는 육로로 고생하며 목적지에 닿았다. 그러나 산음군수는 이미 관

1) 이은성, 『소설 동의보감』(1990, 창작과비평사).

직에서 물러나 서울로 가버린 뒤였다.

어머니의 배앓이를 계기로 허준은 산음 땅 유의태 의원을 찾았고 인연이 닿아 곡절 끝에 의원집 약초꾼이 되어 7년을 보내는데 어깨너머로 병부를 들여다보기도 하고 유의태 스승의 아들을 통해 의서를 빌려보기도 하는 사이 허준의 집으로 병자들이 찾아들게 된다. 어쩌다 허준의 처방전을 본 유의태의 환심을 뜻밖에 사기도 한다. 그러던 중 창녕 성대감 댁 마님의 반신불수를 원상으로 고치는 일로 허준의 성가는 높이 치솟았지만 의원집 경쟁자들의 시기 질투 때문에 엉뚱한 방향으로 일이 꼬여 스승으로부터 내침을 받기도 했다.

그리하여 허준은 스승을 포기하고 지인을 만나기 위해 나로도로 가던 중 산삼을 캐어 한 밑천 잡게 되었으나 산꾼들에 의해 탈취당하고 목숨까지 위태로워진다. 마침 요행히도 어의를 지낸 스승의 친구인 김민세, 안광익의 등에 업혀 구사일생 살아난다. 그 뒤 김민세의 삼적사를 방문하여 참된 의원으로서의 실천의지를 배우고 스승에게로 돌아와 스승이 반위(암)로 죽어가게 됨에 스승의 몸으로 수술할 수 있는 기회를 얻게 되었다. 이후 내의원 과거에 수석으로 합격하여 숱한 영광과 고난의 내의원 생활을 하게 된다. 임진왜란이 일어나 임금의 몽진 길에 합류하여 많은 전쟁 병자들의 시술에 참여하면서 다양한 체험을 함으로써 장차 의성으로서의 기반을 다지게 된다. 이 소설은 여기까지인데 미완성이다. 작가가 건강을 놓쳐 집필을 계속할 수 없게 되었기 때문이다. 작가는 지나친 완벽주의로 원고를 쓰면서 병을 얻어 53세를 일기로 애석하게 단명하고 말았다.

작가가 이 소설을 통해 말하고자 한 것은 무엇일까? 이 물음은 스승 유의태가 가르친 것과 허준이 병자들을 대했던 태도에서 찾아낼 수 있을 것이다. 의원이 병자의 병을 고칠 때 우선 병자를 긍휼히 해야 한다는 것이고, 그 어떤 경우도 병을 그 자체로 다스려야 한다는 것이다. 당시는 양반과 상민이 존재했고 권력과 무권력이 존재했고 사람 중에는 귀천이 있었는데 병 앞에서는 이런 조건들이 조건일 수 없다는 것이 의원의 길이라는 점에 유의했다. 허준이 유의태 문하에서 의술을 배울 때나 내의원에 들어갔을 때나 가릴 것 없이 그를 괴롭힌 것은 의술로 다른 것을 추구하려는 세력, 의술로 돈을 벌려고 하는 세력들이었다. 이를 물리치고 바르게 집행한다는 일이 늘 그 앞에 과제로 놓였다. 그래서 그는 원칙주의자가 될 수밖에 없었다. 이를 주제로 요약하면 다음과 같다. "주인공 허준은 의술을 베푸는 의원은 병자를 한결같이 긍휼히 여겨야 하고 병을 시술함에 있어서도 조건을 두고 차별을 해서는 안 되고 언제나 깊은 탐구와 넓은 지식으로 병자를 구완해야 한다는 신념으로 전인적 실천을 하고자 했다."

3) 허준은 어디서 살았는가?

소설에서 허준은 경상도 산음(산청)에서 스승 유의태를 만나 의술을 공부해 성공하는 의원이 되었다. 그런데 실제로 그는 산음 땅에서 살았던 것일까? 허준이 산음에서 살았다고 하는 설의 빌미를 준 사람은 한의학자 노정우였다. 경남 일대를 고증 답사한 결과라고 하면서 다음과 같이 살을 붙였다.

산에서 내려다 본 **산청읍(산음)**

허준의 할아버지가 경상도 우수사를 오래 역임했고 그 할머니가 진주 출신의 柳씨인 점으로 미루어 그의 어렸을 때 생장은 역시 경상도 산청이라고 생각된다. 더구나 당시부터 근세까지 許, 柳 양씨가 그 지방의 쌍벽인 대성이었던 사실과 그 당시 산청지방에 柳義泰라는 神醫가 있었는데, 그는 학식과 의술이 뛰어났을 뿐만 아니라 인품이 호탕하고 기인으로서 많은 일화와 전설을 남기고 있는데 이 유의태가 바로 허준의 의학적인 재질과 지식을 키워준 스승이었다는 것이 여러 각도로 미루어 보아 부합되는 점이 있어 수긍이 간다.[2]

한의학자의 이 주장에서 할머니가 진주 유씨라는 점을 두고 허준이 산청에서 자랐다는 것은 논리가 맞지 않는다. 진주 유씨 집성촌이 산청에 있다는 데 근거를 둔 것인데 우수사의 처가가 산청이라고 못 박을 수는 없다. 또 그 당시 산청에 유의태라는 신의가 있었다 했는데 그 실낱같은 근거는 허준보다 100년 후에 나타나는 유의태인 것처럼 보이나 시대가 다르다.

김호는 『허준의 동의보감 연구』(2000, 일지사)를 출간했는데 '허준의 출생과 가족'에서 믿을 만한 자료와 실증적 고찰을 가한 결과로는 다음과 같은 내용에 도달했다.

 * 허준의 출생 연도는 1546년이 아니라 1539년이다.
 * 허준의 형제들로는 허옥, 허징이 있다.
 * 허준의 생모는 일직 손씨가 아니라 영광 김씨일 가능성이 높다.
 * 허준의 출생지는 경기도 파주일 수 있다. 생모인 김씨의 거주지인

• • • • •
2) 김호, 『허준의 동의보감 연구』(2000, 일지사), 95쪽 재인용.

담양일 수도 있다.

* 허준은 후일 서울에 있을 때 연고차 방문하는 곳이 해남과 담양에 연고를 가진 유희춘과 옥과 출신 유팽로의 집이라는 점 등이 주요 근거다.
* 허준은 내의원이 들어갈 때 과거를 보지 않고 이조참판 유희춘의 천거로 들어갔다.
* 허준의 스승은 양예수였다.

김호의 저서를 꼼꼼히 읽으면 위와 같은 지적에 높은 평가를 할 만하다는 생각이 든다. 산음 땅과 허준은 한참 빗나가 있다는 느낌을 받는데 허준이 전라도 담양이나 경기도 파주 쪽에서 생활을 했을 가능성이 높은 것으로 볼 수 있다.

4) 유의태는 누구인가?

유의태는 소설 속에서 주인공 허준의 스승이다. 창조된 캐릭터다. 김호는 위의 책 가운데 '유희춘의 천거와 양예수와의 만남'에서 유희춘과 양예수, 그리고 허준의 사이를 아주 원만한 것으로 기술하면서 허준의 의학은 정신이나 실제에서 양예수 의학을 바탕으로 이루어진 것으로 보고 있다. 결국 허준의 스승을 양예수라 하는 것이 자연스럽다는 견해를 밝히고 있다.

5) 드라마 〈집념〉과 『소설 동의보감』

MBC 드라마 〈집념〉은 이은성 작, 표재순 연출로 1975년에 방영되었다. 물론 이 드라마는 『동의보감』의 저자 허준의 고난과 영광에 찬 일대기에 관한 저녁 9시 30분 일일연속극이었다. 김무생, 전양자, 이효춘, 정혜선, 이영후, 송재호 등이 출연진이었다. 허준에 관한 드라마나 소설의 원작이 이 〈집념〉이었다. 대개 소설을 원작으로 하고 드라마로 각색되는 것이 일반적인 데 비해 허준의 경우는 순서가 바뀌어 있다. 주목할 만한 대목이다. 흐름은 드라마 〈집념〉－『소설 동의보감』－드라마 〈동의보감〉－드라마 〈허준〉－드라마 〈구암 허준〉 등으로 이어지는데 그만큼 동일 소재로 한 서사에 국민의 심금을 울려주는 요소가 있었다고 볼 수 있다. 한 사람의 노력이 스스로 인술을 터득해내고 명의가 되는 그 과정의 집념이 감동으로 독자 내지 시청자에게 전달된 것이라 하겠다.

그런데 드라마 〈집념〉이 『소설 동의보감』으로 이어지는 데는 한 사람의 조력자가 있었음을 알 수 있다. 그 사람이 방송인이자 시나리오 작가 이진섭이다. 그가 우연히 MBC 드라마 〈집념〉을 보면서 심취해들어가 드디어 작가를 만나기에 이른다. 『소설 동의보감』의 끝부분에 이진섭의 발문 「내가 아는 이은성」에 다음과 같은 대목이 나온다.

유의태와 허준이라는 세상에 둘도 없을 듯한 사제상을 빚은 도공을 만나지 않고는 견딜 수 없을 만큼 나는 난데없이 소년처럼 들떠버렸다. 그해 여름이 다 가기 전에 나는 MBC로 전화를 걸어 옛 동료 중의 하나에게 〈집념〉의 작가에 대해 수소문을 했고 어렵잖게 그를 만날 수 있었다. 우리는 그 후 한 달이면 두세 번 소주잔을 앞에 놓고 만나거나 '귀빠진 날' 서로 불러주는 피차 몇 안 되는 친구 사이로 발전해 갔다. 마침 그의 집은 녹번동과 신사동을 오갔고 나는 남가좌동과 홍은동을 맴돌던

동의보감촌 **전시장**

때여서 일요일 같은 날 불쑥 찾아가든지 시내에서 만나 몇 순배 돌면서
귀가하기에는 한결 편한 점도 있었다. 아마 두 번쯤 만나면서부터 나는
그에게 〈집념〉을 소설화해 보라고 권유했던 것 같고 만남이 잦아지면서
부터는 아예 강권하다시피 했다.

이런 뒤안길이 『소설 동의보감』 탄생의 비화가 되고 끝내 이은성은
〈집념〉을 소설화하기에 이른다. 그러나 작가 이은성은 연재하던 원고
를 완결시키지 못하고 타계했다. 그런 뒤 창작과비평사에서 미완성으
로 상, 중, 하 3권으로 1990년에 출간하여 베스트셀러가 되었다. 이진
섭에 대해 덧붙이면 그는 팔방미인으로 알려져 있었다. 박인환의 마지
막 시 「세월이 가면」을 작곡했고, 서울대 사회학과를 졸업했으며 합동

세계한방엑스포 동의보감촌의 불로문

2013 산청 세계한방엑스포장에서 올려다 본 왕산

통신 기자, KBS아나운서, 조선일보 기자, 시나리오 작가 등을 거쳤다.

6) 배경은 산음현, 소설은 픽션

드라마 〈집념〉과 『소설 동의보감』은 다 같이 픽션이다. 허준에 대한 역사나 다큐멘터리를 작품화한 것이 아니라는 말이다. 작품 속 인물들이 살아가는 주된 장소는 산음현, 곧 오늘의 산청이다. 실제 허준이 어디서 의학을 공부했는가 하는 문제와는 별개로 소설의 배경은 산음현이 맞다는 이야기다. 허준이 산음현에서 구일서의 아래채로 정착하게 되는데 그 마을은 관아에서 동쪽 정곡역으로 가는 1마장 거리에 있다고 했고, 유의태의 의원에서 물 길으러 왕산 골짜기로 갔다고 했는데 거리상 무리로 보인다. 어쨌든 실제의 산청에다 초점을 맞추면 안 되고 소설 속에서의 배경은 허구이므로 허구의 장소라는 점에 맞추어 이해해야 한다.

소설 속 캐릭터는 작가의 자별난 상상력에 힘입어 매우 리얼하게 그려지고 있지만 허준의 아버지가 용천부사라는 것과 아들과 딸이 있다는 것 외에는 거의가 허구다. 어머니가 손씨라 했지만 실제로는 '김씨'일 가능성이 있고, 허준의 아내도 만들어낸 인물에 불과하다. 앞에서 말한 대로 유의태는 완전히 작품 속에서만 살아 있는 인물이다. 그러므로 만들어낸 인물들이 활동하는 이야기는 전적으로 작가의 상상의 산물이다. 문학의 기초 이론에서는 문학 속 인물을 실제나 현실에 결부시켜서는 안 된다고 지적한다. 더구나 소설 이야기를 역사 이야기로 이해하는 것은 절대 금물이라 하겠다. 이를테면 유의태를 실존했던 조선조 대표적인 의원으로 설명한다거나 살신성인의 귀감이 되는 인물로 이해하는 것은 우스꽝스런 일이다. 지금 허준의 자료가 매우 부족하여 연구자에 따라서는 출생지, 성장지와 가계에 대한 내용이 서로 다르고 앞으로 연구 진행에 따라 가변성이 있을 수 있기 때문에 소설과는 무관하게 활발한 검토와 진단이 필요한 일이라 하겠다.

7. 장용학의 소설 「요한詩集」

: 경남 거제시 계룡로 61(고현동 362), 포로수용소 유적공원(배경)

1) 작가 장용학

장용학(張龍鶴, 1921~1999)은 함경북도 부령에서 태어나 경성공립중학교(鏡城公立中學校)를 졸업(1940년)하고 일본 와세다 대학 상과에 입학(1942)했으나 23세 때(1944) 학병으로 입대했다. 8·15해방과 함께 귀국하여 청진여자중학교 교사(1946)로 근무하다가 1947년 9월에 월남했다. 이후 한양공고 교사, 덕성여고 교사, 경기고교 교사, 덕성여대 교수를 거쳐 경향신문, 동아일보 논설위원을 역임했다.

1949년 단편 「희화」(연합신문)를 발표한 데 이어 1950년 「지동설」, 1952년 「미련소묘」가 『문예』에 추천되어 문단에 나왔다. 그러나 소설가로 주목을 받기 시작한 것은 단편 「요한詩集」(1955. 7, 『현대문학』)과 중편 「非人誕生」(1955. 10, 『사상계』)을 발표한 후이다.

2) 사르트르 또는 이상

「요한詩集」을 읽다 보면 두 사람의 작가가 머릿속에 떠오른다. 한 사람은 사르트르이고 다른 한 사람은 이상(李箱)이다. 소설 2부라 할 수 있는 '上'에서 우선 다음과 같은 구절에 눈길이 닿는다.

> 나는 하꼬방을 두고 여남은 걸음 그리로 올라갔다. 돌을 주워들었다. 까악, 까마귀는 그다지 대단해 하지 않아 하면서도, 푸드덕 하늘로 날아오른다. 손에 들었던 돌을 버리려고 하다 말고 까마귀가 앉아 있었던 가지를 향하여 힘껏 던졌다.

> 내 손은 나도 모르게 돌멩이를 움켜쥐고 있었다. 몸이 추워진다. 볼을 만져보는 것이 두렵다.

> 나는 거의 돌 쥔 손에 힘을 주었다. 그저는 아무리 꽉 쥐어도 달걀은 그렇게 보여도 깨어지지 않는 것이라고 누가 하였는가.

인용한 세 토막에서 특히 사르트르의 『구토』를 떠올리게 된다. 주인공 로캉댕이 일요일인 줄도 모르고 도서관에 가서 역사인물인 드롤르봉 후작에 대해 공부하려는데 도서관이 휴무일이다. 로캉댕은 스스로에게 혐오감이 생겨 구토가 난다. 이어 바닷가에 나가 아무런 의식도 없이 돌멩이를 주워 바다를 향해 던지려다 말고 '왜 던져야 하는가?' 딱히 던져야 할 의미가 없음을 자각하여 손에서 돌멩이를 놓아버린다. 자기 행위에 구토가 난다. 구토가 난 것은 무상의 행위로 여겨졌기 때문일 것이다. 인용한 세 토막은 돌을 주워 드는 장면인데 첫 번째는 돌을 던지고 두 번째 세 번째는 들고 쥐기만 하고 던지지는 않는다. 두 번째, 세 번째는 무상의 행위임을 확인한 결과일 것이다. 어쨌거나 의식의 흐름이나 부정적인 측면에서 볼 때 두 소설은 닮아 있다고 할 수 있다.

「요한詩集」에서 또 한 작가를 떠올릴 수 있는데 그가 이상(李箱)이다. 다음 구절들을 음미해 볼 수 있다.

> 필요하다면 산기슭에 도로 내려가서 다시 여기를 눈물겨워 쳐다보아도 좋다. 보슬비 내리는 밤 부엉새가 우는 소리를 듣는 것 같은 감회에 다시 사로잡히는 것이 나의 의리여서도 좋다.

> 저기에 「1+1=2」의 세계가 있는 것처럼 여기에 「1+1=3」의 세계가 있어도 좋다.

> 그는 비단을 남기고 싶어 한 것이 아니었다. 봉황새가 되어 용이 되어 저푸른 하늘 저쪽으로 날아가 보고 싶어 했다.

> 나의 열매는 익었다. 그러나 내가 나의 열매를 감당할 만큼 익지 못했다. …… 영원히 익지 못할 것이다! 내게는 날개가 없다 ……

4토막의 구절은 이상의 「날개」를 연상시키는가 하면 수식이 삽입되어 있는 점, 그리고 '……여서도 좋다'와 '…… 있어도 좋다'에서 「烏瞰圖」의 "그중에 一人의 兒孩가 무서운兒孩라도 좋소"에서 '좋소'의 되풀이 등이 이상의 문맥에 유사성이 있다는 느낌을 주고 있다. 환상적이거나 심층적인 심리를 보여주고 있는 점이나 부정적인 의식 등도 이상을 연상시키는 데 일조하고 있다.

포로를 귀환 및 송환하는 열차

3) 「요한詩集」의 줄거리와 핵심적 의도

이 소설은 인민군 최고훈장을 받은 누혜가 전쟁에 참가하여 포로가
되어 지내면서 인민을 주장하는 이데올로기의 폭력에 절망하고 수용소
에서 만난 동호에게 자기가 죽으면 남아서 섬 밖에 와 있는 어머니를
찾아 달라고 말한다. 자유를 갈망하던 누혜는 생을 살려내는 유일한 길
은 자유가 죽는 데 있다고 보고 유서를 남기고 철조망에 목매어 죽는
다. 누혜의 시체는 갈갈이 찢기어 단죄되고 화장실에 버려진다.

수용소를 나온 동호는 누혜의 노모를 찾는데 섬을 마주한 산기슭에
서 움막을 발견한다. 노모는 병으로 사지를 쓸 수 없고 그동안 고양이
가 잡아오는 쥐를 먹고 연명해 왔다. 동호는 노모에게서 쥐를 뺏으려

했으나 끝내 노모는 쥐를 입으로 가져간다. 그 순간 극도의 혐오감에 빠져든 동호를 두고 노모는 누혜를 부르며 죽어간다. 그 뒤 소설에서 누혜의 유서가 이어지는데 '자신은 자유의 노예였다.'고 밝힌다. 이미 있어온 구속을 깨려고 한 누혜의 자유는 또 다른 구속과 희생이라는 메시지를 전달하고 있다.

토끼의 우화와 세례자 요한 이야기는 자유와 근원을 찾아가는 길은 그것이 고난이고 거기 죽음의 벽이 있다는 점을 환기시켜 준다. 백주에 눈을 뜰 수 없고 결국 죽어버리는 토끼, 예언자 요한이 진리를 맞아들이기 위한 수순으로서의 죽음 이야기는 실존적 결단에도 불구하고 인간에게 주어지는 허무는 어쩔 수 없는 것임을 암시해 준다.

4) 기존 소설과 다른 문법

「요한詩集」은 기존의 다른 소설과는 기법이 다르다. 우선 난해하다는 느낌을 받는다. 리얼리즘 소설에서 볼 수 있는 사건 중심의 전개와는 달리 관념으로 흐르고 있다.

> 곳에 따라 시간이 이렇게도 느껴지고 저렇게도 느껴진다. 어느 시간이 정말 시간인가? 時計가 가리키는 시간과 位置가 빚어내는 시간. 이 두 개의 시간 사이에 가로놓여 있는 빈터. 그것이 얼마나 한 出血을 강요하든, 우리는 이러한 빈터에서 놀 때 自由를 느낀다. 우리에게 두 개의 시간을 품게 한 이러한 빈터가 결국은 나를 두 개의 나로 쪼개버린 실마리였는지도 모른다.

공간이 빚어내는 시간과 시계가 가리키는 시간, 그 사이에 있는 빈 터가 자유를 준다는 것이다. 공간이 의미를 가질 때 그 의미에 시간이 주어지는가. 그 의미와 시계의 시간과의 사이는 무엇인가? 결국은 관념의 빈터다. 그런 양자 개념과 무관하게 주어지는 것이야말로 자유일 것이다. 관념의 곡예 사이를 자유가 가로지르는 것이라면 그것은 허무이거나 공(空)일 것이다. 소설은 이런 관념놀이로 지나간다. 그런데 그것들은 다 부정의식에서 오고 또 의심에 관한 짚어보기로 이해된다.

> 나는 나의 一部分을 살고 있는 셈이 된다. 나는 나의 一部分에 지나지 않는다. 그림자에 지나지 않는다. 그래도 동호는 나인가? 아까 동호를 불렀는데도 내가 끝내 대답하지 못한 것은 이 때문이 아니었을까.

이 대목도 관념이다. 그런데도 생경하다는 생각이 들지 않는다. 그것은 사르트르나 카뮈의 작품에서 드러났던 '나머지'[剩餘]나 '여분의 존재', '대리인', '부조리' 등의 낱말들이 자아내는 분위기가 연상되고 있기 때문이다. 문장이 관념이고, 난해하고, 짚어보고, 따져보는 그러면서 환상이고, 심리적이다.

짜임도 시작−중간−끝이라는 서술논리에서 떨어져 그 서열을 섞어버리는, 과거−현재−미래가 공존하거나 역순으로 되는 비상식의 상식을 만들고 있다. '우화'−'상'(누혜 모친 이야기)−'중'(포로수용소 풍경과 누혜의 자살)−'하'(누혜의 유서)로 흐르는데 이것을 시간순으로 재배치하면 '우화'−'중'−'하'−'상'으로 놓게 될 것이다.

그리고 장용학은 특이하게도 국한문 혼용을 고집하고 있다. 소설을 쓰면서, 그리고 고등학교 교사를 오래 한 사람으로는 좀 별나다는 생각이 든다. 아마도 일본 유학에서 얻은 한·중·일 3국의 문자 양식에 관한 나름의 교양에서 비롯된 것이 아닌가 싶다. 더구나 그의 소설은 존재, 부조리 같은 실존의 문제를 다루게 됨으로써 관념어를 수용할 수밖에 없으리라는 판단을 하게 된 것이 아닐까 짐작해 본다.

5) 제목 그리고 배경

제목 「요한詩集」은 성서에 나오는 세례자 요한의 시집이라는 말인데, 얼른 이해가 안 간다. 요한에 관한 소설의 대목은 '중'에서 나오는데 죽기 전날 밤 누혜의 꿈 이야기가 그것이다.

> "엊저녁 꿈에 말이지, 아주 예쁜 여자가 나를 껴안지 않았겠나, 이렇게 말야……"
> "…………"
> 나는 구렁이에게 안긴 처녀처럼 꼼짝을 못했다.
> "그 순간 나는 어머니두 결국은 죽는다는 사실을 그제야 깨달았어. 그런 것을 그제야 깨달았으니 깨달아야 할 일 얼마나 있겠는가."
> "…………"
> "그 여자 누군 줄 알아? …… 네 살결은 참 부드러워……"
> 그것은 남색(男色)에 못지않는 포옹이었다. 우리 천막에서는 그러한 행위가 공공연히 비밀로 행해지고 있었다.
> "이건 아무에게도 말하면 안 돼! 아직 모르는 일이니까……"
> 그는 숨을 죽였다. 그런 흥분 속에서도 다음 말을 잇는 것을 몹시 어색해하는 것이었다. 그럴 법도 했다.

헌병 감시 아래 포로들이 MP다리를 건너가는 모습

영상으로 보여주는 포로들의 생활

흥남 철수에 공이 많은 **김백일 장군** 동상과 거제 포로수용소 내 **흥남 철수 기념탑**

　　"싸로메…… 알지? 요한의 모가지를 탐낸 그 여자 말이야. 그 계집이
　　었어!"

　　소설의 인용 부분은 누혜가 죽기 전날 밤 친구 동호와 자면서 동성
연애자들이 하는 행동을 하면서 몸을 밀착시키며 "네 살결은 참 부드
러워" 하며 간밤 꿈 이야기를 한다. 살로메가 자기를 껴안더라는 것이
다. 성서상의 살로메가 선정적으로 껴안았다 하는 것은 세례자 요한
을 떠올리게 한다. 헤로데아의 딸 살로메는 의붓아버지 헤로데 왕에
게 요한의 목을 달라고 간청하고 이를 받아들인 헤로데 왕은 그 목을
살로메에게 준다. 성서상의 이야기를 보면 헤로데가 죽은 자기 아우

의 아내 헤로데아를 취할 때 그것은 윤리에 맞지 않는 것이라 하며 요한이 여러 번 부당함을 헤로데에게 간하였다. 그러나 왕은 이를 듣지 않았고 끝내는 헤로데아의 딸 살로메가 원하는 대로 요한의 목을 쳐 쟁반에 담아 의붓딸 살로메에게 내놓은 것이었다.[1]

이 이야기는 세례자 요한이 예수 그리스도가 오는 길을 미리 닦고 있다가 죽는다는 것인데 의인의 길은 죽어서 진리의 길을 연다는 데 의미를 갖는 것임을 말하기 위해 인용되고 있다. 주인공 누혜의 길도 요한처럼 자유를 위해 자유가 죽는 길임을 암시해 준다. 누혜의 실존적 결단이 그런 비장한 길임을 말하면서 '시집'은 시인으로서의 누혜가 먼동이 틀 때를 노래하는 자임을 명시하고 있다. 요한이 가는 길이 시의 길이듯이 누혜가 가는 길도 시를 쓰는 것에 다름 아님을 표현하는 것으로 읽힌다.

그리고 포로수용소는 어디 있는 것을 배경으로 한 것일까? 그냥 대표적인 곳은 말할 것도 없이 거제 포로수용소다. 6 · 25 포로수용소는 영천, 대구, 부산, 논산, 마산, 제주, 거제도 등에 분산되어 있었다. 그러나 나중에 관리상 거제도 수용소로 통합되었다. 소설 속에서 포로수용소는 섬, 해안선 정도의 정보만 주고 있을 뿐이다. 이 점으로 보면 기능이나 대표성을 놓고 보아도 거제 포로수용소임이 분명하다.

거제 포로수용소는 1950년 6월 25일 한국전쟁에 의한 포로들을 수용하기 위해 1951년 2월부터 고현, 수월지구를 중심으로 설치되었다. 1951년 6월 말까지 인민군 포로 15만, 중공군 포로 2만 명 등 최대 17

· · · · ·
1) 마태복음 14장 3절~12절(마르 6,17~29)

주인공 누혜가 올라가 목매 죽은 철조망

만 3천 명의 포로를 수용하였으며 여자 포로도 300명이 넘었다. 그러나 반공포로와 친공포로 간에 유혈살상이 자주 발생하였고 1952년 5월 7일에는 수용소 사령관 돗드 준장이 포로들에게 납치되는 등 냉전시대 이념갈등의 축소현장과 같은 모습이었다. 지금은 잔존 건물 일부만 곳곳에 남아 있는 이곳은 당시 포로들의 생활상, 역사, 사진, 의복 등 생생한 자료와 기록물들을 바탕으로 거제 포로수용소 유적공원으로 다시 태어났다. 거제 포로수용소는 1983년 12월에 경상남도 문화재 자료 제99호로 지정 보호되고 있다.[2)]

거제 포로수용소는 1951년 2월에 설치되어 1953년 7월 27일 폐쇄되었으므로 2년 5개월간 실질 운영이 되었는데 소설 속의 누혜는 좌우 대립이 극심했던 1952년 6월 10일 친공포로 분산 수용시기쯤 철조망에서 목매어 죽고, 동호는 1953년 7월 포로수용소 폐쇄 직전에 반공포로로 풀려나던 그때 누혜의 모친을 만난 것으로 보면 무리가 없을 듯하다.

• • • • •

2) 거제 포로수용소 유적공원(http://www.pow.or.kr) 참조.

8. 유치환의 시 「旗빨」

: 경남 통영시 서호동 316, 통영여객선 터미널(배경)

1) 시인 유치환

유치환(柳致環, 1908~1967, 호 靑馬)은 통영에서 자라 동래고보를 졸업하고 연희 전문을 수학했다. 1931년 『문예월간』에 시 「靜寂」으로 등단했으며 첫 시집 『청마시초』(1939) 이후 『생명의 서』(1947), 『울릉도』(1948), 『보병과 더불어』(1951), 『예루살렘의 닭』(1953), 『뜨거운 노래는 땅에 묻는다』((1960), 『미루나무와 남풍』(1964) 등의 시집을 간행하였다. 동인지 『생리』를 발행했고 1945년부터 교직에 종사하였으며, 청년문학가협회 시인상, 아세아자유문학상, 예술원상을 수상하였다. 그는 시인부락 동인들, 일테면 서정주나 오장환 등과 하나로 1930년대 중반 이후 생명의식을 드러내는, 인생적인 육성으로 인한 치열한 시 세계를 보여주었다. 그리하여 생명파라는 호칭을 얻기도 했다. 1967년 부산에서 교통사고로 작고하였다.[1]

2) 「旗빨」이 달린 장소는 어디일까?

시의 제목인 '旗빨'은 유치환의 고장 통영을 생각하면 자연스레 떠올려진다. 통영의 강구 안에 가득 차 있는 어선들에 달려 있는 깃발을, 동호항이나 연안여객선 부근에 있는 여객선의 그 수많은 깃발을, 그리고 통영대교 아래 해협으로 지나다니는 유람선이나 상선에 달린 깃발들을 생각하게 된다. 물론 유치환은 바닷가가 아닌 통영여중이나 경남여고 등의 근무지에 있는 국기 게양대에서 펄럭이는 국기를 수없이 접했을 것이다. 그러나 '해원을 향하여 흔드는 손수건'이라 했으므로 자연 함선이나 거함이거나 자그만 유람선이나 여객선, 고기잡이배에 달린 깃발을 빼고 이야기할 수는 없을 것이다.

배에 달리는 깃발 중에는 국적 표시의 국기도 있고, 군함의 소속 부대기도 있고, 상선의 소속 회사 깃발도 있을 것이다. 거기다 어구 표지기도 있는데 저인망어선, 통발어선 등이 그것이다. 유치환은 그런 모든 깃발들을 총체적으로 수용하여 시상을 정리했던 것이었을까? 어쨌든 그가 통영에서 유년을 보내고 성인이 되어서까지 통영 직장에 있었고 타지에서는 주로 부산에서 교사를 지냈으므로 그쪽에도 깃발은 펄럭이기를 그치지 않았을 것이다.

필자는 생애의 중심 거주지 통영 언저리의 깃발들을 생각하면서 시 「旗빨」을 재독 삼독해 볼까 한다.

• • • • •
1) 남송우 엮음, 『청마 유치환 전집』(2006, 국학자료원), 1쪽.

남망산 문화예술회관 아래쪽에 정박해 있는 배

여객선 선미에 달린 깃발

연안 여객선에 올려진 깃발

3) 시「旗빨」과 깃발의 한계

유치환의 초기 시「旗빨」은 첫 시집『청마시초』(1939) 제1부 4번째로
실려 있다.「박쥐」,「고양이」,「애기」,「旗빨」,「그리움」 등의 순인데
처녀작군에 속하는 작품들 속에 들어 있다.

旗빨

이것은 소리 없는 아우성
저 푸른 海原을 向하여 흔드는
永遠한 노스탈쟈의 손수건

純情은 물결같이 바람에 나부끼고
오로지 맑고 곧은 理念의 標ㅅ대 끝에
哀愁는 白鷺처럼 날개를 펴다.
아아 누구던가
이렇게도 슬프고도 애닯은 마음을
맨처음 공중에 달 줄을 안 그는.

인용시는 일찍이 고등학교 교과서에 실린 관계로 국민 애송시로 자
리 잡은 시다. 학생들은 그 시가 무엇을 이야기하는지에 대해서는 그
렇게 중요하지 않고 그저 구절들을 즐겼다. "이것은 소리 없는 아우
성", "저 푸른 해원을 향하여 흔드는", "영원한 노스탈쟈의 손수건",
줄줄이 명구로 받아들이며 암송했었다. 2연도 똑같다. "순정은 물결같
이 바람에 나부끼고", "오로지 맑고 곧은 이념의 푯대 끝에" 등등 구절

이 다 입에 붙어 떨어지지 않는다. 시 구절이 독자들 개개의 가슴을 적시고 흐르는 시는 근현대시사에서 그리 흔치 않을 것이다.

시의 말하고자 하는 바는 해원을 향해 가는 것이 지향의 목표지만 향수로만 젖어 있을 수밖에 없는 처지가 애달프다는 것이다. 유치환은 일본에 건너가 중학과정을 거치는 중에 가세가 기울어 귀국하여 동래고보를 다니고 연희전문 1년을 다녔다. 이런 환경이 그를 앉은 자리에 놓이는 의식에 젖어들게 했던 것인지 모른다. 해양주의나 개척적인 자세를 취하지 못하고 맑고 곧은 이념은 애수라는 정서에 눌리고 말았다. 순정은 바람에 나부끼고 붙박이로 서 있는 깃대는 그만큼 안으로 끓는 자아를 형성하고 있었던 것이다. 한 단계 더 나아가 시를 읽으면 일제하 암울했던 시대의 한 정서를 드러낸 것으로 볼 수는 없을까, 좌절과 애달픈 마음은 그 시대 누구나 밖으로 나가는 길에서 보이는 해원이 노스탤지어의 손수건일 수밖에 없었던 것이니까.

4) 유치환의 또 다른 깃발은?

유치환은 깃발을 여러 번 시어로 쓰고 있음을 볼 수 있다. 그 용례[2]를 적어보면 다음과 같다.

> * 긴 종일 헛되이 나의 마음은
> 공중의 旗빨처럼 울고만 있나니
>
> —「그리움」

• • • • •
2) 위의 책 I권, 21쪽, 67쪽, 87쪽, 165쪽, 325쪽.

* 바다 같은 쪽빛 旗빨을 단 배는
  저 멀리 바다넘으로 가버린지 오래이고
  포구에는 갈매기 오늘은 그림도 그리지 않고
                                    —「항구에 와서」

* 검정 사포를 쓰고 똑딱선을 내리면
  우리 故鄕의 선창가는 길보다도 사람이 많았소
  양지 바른 뒷산 푸른 松柏을 끼고
  남쪽으로 트인 하늘은 旗빨처럼 多情하고
                                    —「歸故」

* 뒷산 마루에 둘이 앉아 바라보던
  저물어가는 고향의 슬프디 슬픈 海岸通의
  曲馬團의 기빨이 보이고 天幕이 보이고
  그리고 너는 나의, 나는 너의 눈과 눈을
                                    —「치자꽃」

* 부산항이여
  나는 또한 너를 노래하여야 되겠노니
  1950년!
  팔랑 팔랑 祖國의 安危가 旗ㅅ대 끝에 알려지던 날
                                    —「영광의 항구」

　　인용대목은 시 「그리움」, 「항구에 와서」, 「歸故」, 「치자꽃」, 「영광의
항구」에 있는 '깃발' 관련 구절들이다. 「그리움」에서는 슬픔을 드러내
고, 「항구에 와서」는 단순한 배의 표지로서, 「歸故」에서는 다정함을
드러내고, 「치자꽃」에서는 슬픔을 드러내고, 「영광의 항구」에서는 국

통영시 태평동 552번지 **청마 생가터**   출항하는 배가 어슴프레 보이는 깃발

가의 상징인 국기를 드러낸다. 「영광의 항구」를 제외하면 애상적인 분
위기를 드러냄으로써 「旗빨」에서 쓰인 정서와 같은 레일 위에 놓임을
알 수 있다. 이런 용례에서 보이는 깃발들은 「旗빨」에 비해 음영이 아
주 단순하다. 그러니까 대체로 유치환은 깃발을 보면서 센티멘털리즘
에 더 많이 기울어져 있다.

  그런 가운데도 「旗빨」은 존재론적이고 깃발이 자아내는 정서가 매
우 내밀하여 단순히 그립거나 슬프거나 하는 단색적인 무드와는 궤를
달리한다.

9. 백석의 시 「통영 2」

: 경남 통영시 명정동 충렬사(배경)

1) 백석, 백석의 시

백석(白石, 1912~1995)은 평안북도 정주군(定州郡) 갈산면(葛山面) 익성동(益城洞)에서 백용삼의 장남으로 태어났다. 본명은 백기행(白夔行)이며 필명으로 백석(白石)을 쓰고, 백석(白奭)이라고도 했다. 오산소학교를 다녔고 이어 오산고등보통학교를 졸업했다. 오산학교는 남강 이승훈이 세운 학교로 민족주의적인 학교로 유명했다. 19세에 조선일보 신춘현상문예에 단편 「그 母와 아들」이 당선되었고 조선일보사가 후원하는 장학생으로 선발되어 일본의 청산학원에서 영문학을 공부했다.

졸업 후 귀국하여 조선일보 출판부에서 근무, 계열사인 『여성』지 편집 일을 했다. 1935년(24세) 8월 30일 시 「定州城」을 발표하며 시단에 데뷔했다. 1936년(25)세 1월 20일 시집 『사슴』을 간행했는데 모두 33편을 실었다. 이 해에 조선일보를 사직하고 함흥 영생여고의 영어교사로 부임했다. 1939년(28세) 3월부터 다시 『여성』지의 편집주간 일을 시작하다가 그해 말경 만주 신경으로 떠났다. 광복 후 신의주를 거쳐 고향 정주로 돌아와 고당 조만식 선생의 일을 도우며 지냈다. 이후 북한에서의 발자취는 줄이기로 한다.

백석의 시는 평안도 방언들을 독특하게 구사하여 1930년대 시단의 한 진경을 이루었다. 김기림이 주도한 주지주의계 모더니즘이 한쪽에 있고, 카프계열의 현실주의 흐름이 또 한쪽에 있고, 비주지주의계로 범칭할 수 있는 이상, 서정주, 오장환 등의 흐름이 있고, 거기 백석이 등장한다. 백석은 크게 보면 서정주의의 혁신이라는 측면에서 바라볼 수 있다. 과감한 평안도 방언의 수용과 서술형 구문의 확장은 새로움의 전형이라 할 만했다. 독자나 기존의 시인들이 닿지 못한 서사체나 사물 훑기가 주는 문맥은 당시로서는 전혀 다른 시인과의 구별점이 되었다.[1]

2) 백석의 여인들과 '난이'

백석의 시는 모두 84편[2]이다. 그중 여인과 관련되는 시는 「통영」, 「통영-南行詩抄 1」, 「바다」, 「나와 나타샤와 흰 당나귀」, 「절망」, 「내가 생각하는 것은」 등 5편이다. 그렇지만 이 5편은 절대 적은 편수라 할 수 없다. 백석의 대표작이라 할 수 있는 「나와 나타샤와 흰 당나귀」가 포함되어 있을 뿐만 아니라 통영 충렬사 앞쪽 길가 화단에 서 있는

1) 김용직, 「토속성과 모더니티」, 『한국현대시인연구』(상),(2000, 서울대출판부), 642~647쪽.
2) 고형진 엮음, 차례, 『정본 백석시집』(2007, 문학동네), 9~13쪽.

백석이 앉아 있었던 충렬사 계단

시비 「통영 2」가 포함되어 있기 때문이다. 「통영 2」는 단독으로 이야 기할 때는 「통영」이지만 총 3편인 「통영」을 두고 변별해 말할 때는 「통영 2」 또는 「통영—남행시초 1」이 된다. 일반적으로 백석 시에서 통영을 소재로 쓴 시편을 들 때는 마땅히 「통영 2」가 대표적인 구실을 하고 있는 셈이다. 이 시는 통영 지역에서는 많이 암송되고 있으면서 백석의 구원의 여인상으로 굳어져 있는 '난이'를 대상으로 한 것이라 그 일화와 더불어 인구에 회자되고 있다.

백석은 친구의 주선으로 통영의 박경련과 알게 되었는데 그녀의 이름을 시에서 '蘭', '난이'라 불렀다. 우선 백석의 친구에 대해 먼저 살펴본다. 첫 번째로 허준(許俊)이 있는데 1910년 평북 용천군 외상면 정차동에서 태어나 서울 중앙고보를 나와 일본 호세이 대학을 중퇴했다. 백석의 주선으로 조선일보에 시를 발표하기 시작했다. 그 다음이 신현중인데 신현중은 1910년 8월 경남 하동에서 태어나 통영공립보통학교를 졸업하고 경성제일고보를 거쳐 경성제국대학

충렬사 건너편 길가에 있는 백석 시비

에 다닌 수재였다. 제국대학생 신분으로 애국지사 강진을 만나 일본의 만주침략을 반대하는 격문을 돌리려다 실패하여 검거되었다. 신현중은 항일운동으로 3년여의 옥고를 치른 뒤 친구 허준을 설득하여 소학교 교원인 여동생 순영이와 결혼을 하게 했다.

허준의 결혼식 날 신현중(이미 김연준의 딸과 약혼)은 누님의 통영 제자로 하객으로 온 김천금(경기고녀), 박경련(이화고녀), 서숙채(숙명

고녀)를 백석에게 소개했다. 이때 백석은 박경련에게 마음이 기울었다. 이 시기에 백석과 신현중은 조선일보 기자로 늘 붙어 다녔다. 허준의 결혼을 전후한 어느 시기에 백석, 신현중, 허준 세 친구는 취재차 통영을 방문했는데 아직 박경련을 목표로 한 여행은 아닌 듯이 보인다. 그러다가 1936년 1월 초순 백석은 신현중과 함께 통영으로 내려갔다. 백석은 박경련에게 "만나러 간다. 조선일보 백석"이라는 내용의 전보를 쳤다. 백석에 대한 감정이 생겨나지 않았던 박경련은 이날 방학을 마치고 서울로 가는 중이었다. 신현중은 뒤따라 서울로 가자고 했으나 백석은 여행을 끝내지 못하고 통영에서 박경련의 외사촌 서병직의 환대를 받았다. 박경련은 당시 1917년생 20세였다.

그 뒤 백석은 시집 『사슴』을 내고 문단의 신예로 껑충 커버렸다. 영생고보로 직장을 옮겨 봉직하고 있던 중에 백석은 허준과 함께 통영에 내려가 박경련에게 정식 청혼을 했다. 그러나 모친의 거절에 힘없이 발길을 돌려야 했다. 친구 신현중은 약혼을 파기하고 결혼 상대자를 고르고 있는 중이었고, 박경련의 집에서도 결혼 상대자를 물색하는데 백석의 모친이 기생이거나 무당의 딸일 것이라는 제보(허준의 실수)를 듣고 신현중을 박경련의 신랑감으로 낙점했다. 백석의 배신감은 이루 헤아릴 길이 없을 것이었다.

1937년 4월 7일 신현중과 박경련은 통영 박경련의 집 안마당에서 가까운 일가친척들만 모시고 혼례를 치렀다. 그런 뒤 자포자기에 빠져든 백석은 함흥 어느 술집에서 한 여인을 만나 사귀기 시작했다. '자야'로 알려진 사람인데 이름은 김숙(金淑, 1916년생)이고 서울 출신의 기생이었다. 김숙이 후일 서울 길상사 자리를 법정 스님에게 헌납한 이야기는 유명하다. 백석을 좋아했던 여인군들이 있는데 최정희, 모윤숙, 노천명 등이다. 그 가운데서도 최정희가 특히 백석에게 기울어졌던 것으로 알려졌다. 이 밖에도 결혼을 했지만 헤어진 예가 두 번이나 있었던 것으로 보인다. 백석은 이렇게 난이(박경련)로부터 무너지면서 생의 무늬가 아프게 드리워지게 되지만 시인은 그것으로 시인일 수밖에 없었을 것이다.[3]

3) 시 「통영 2」

「통영 2」는 1936년 1월 23일자 조선일보에 실린 작품이다. 원본[4] 표기에 따라 인용하면 다음과 같다.

統營

舊馬山의 선창에선 조아하는사람이 울며날이는배에 올라서오는 물
길이반날
갓나는고당은 갓갓기도하다

바람맛도 짭짤한 물맛도짭짤한

전북에 해삼에 도미 가재미의 생선이조코
파래에 아개미에 호루기의 젓갈이조코

• • • • •
3) 송준, 『시인 백석』 I(2012, 흰 당나귀), 제2부, 제3부 참조.
4) 고형진, 앞의 책, 「원본」, 220~221쪽.

새벽녘의거리엔 쾅쾅 북이울고
밤새ㅅ것 바다에선 뿡뿡 배가울고

자다가도 일어나 바다로 가고십흔곳이다

집집이 아이만한 피도안간 대구를말리는곳
황화장사령감이 일본말을 잘도하는곳
처녀들은 모두 漁場主한테 시집을가고십허한다는곳
山넘어로가는길 돌각담에 갸웃하는 처녀는 錦이라든이갓고
내가들은 馬山客主집의 어린딸은 蘭이라는이갓고

蘭이라는이는 明井골에산다든데
明井골은 山을넘어 柊栢나무푸르른 甘露가튼 물이솟는 明井샘이잇
는 마을인데
샘터엔 오구작작 물을긷는처녀며 새악시들 가운데 내가조아하는 그
이가 잇슬것만갓고
내가조아하는 그이는 푸른가지붉게붉게 柊栢꼿 피는철엔 타관시집
을 갈것만가튼데
긴토시끼고 큰머리언고 오불고불 넘엣거리로가는 女人은 平安道서
오신듯한데 柊栢꼿피는철이 그언제요

넷 장수모신 날근사당의 돌층계에 주저안저서 나는 이저녁 울듯울듯
閑山島바다에 뱃사공이되여가며
녕나즌집 담나즌집 마당만노픈집에서 열나흘달을업고 손방아만찟는
내사람을생각한다
— 「南行詩抄」

「통영 2」 원본은 오류가 있는 한자어가 하나 있는데 '종백(柊柏)'이 그것이다. 통영에서 쓰는 또 다른 동백의 표기일까 했는데 그런 사례가 없다. 동백(冬柏)의 오기임이 분명하다. 고형진의 『정본 백석시집』에는 '동백'으로 바로잡아 놓았다. 이 시에는 "통영의 풍정과 좋아하는 이를 생각하는 마음"이 간절히 담겨 있다. 어항으로 오는 뱃길, 먹거리, 어항의 특징, 좋아하는 이가 사는 명정골의 풍경, 충렬사 계단에서 내 사람 난이를 열원으로 생각하는 모습이 그려져 있다. 원본에서 맞춤법과 띄어쓰기 등을 고려하여 옮겨놓은 작품5)을 보자.

통영(統營)

구마산(舊馬山)의 선창에선 좋아하는 사람이 울며 나리는 배에 올라
서 오는 물길이 반날
갓 나는 고당은 갓갓기도 하다

바람맛도 짭짤한 물맛도 짭짤한

전북에 해삼에 도미 가재미의 생선이 좋고
파래에 아개미에 호루기의 젓갈이 좋고

새벽녘의 거리엔 쾅쾅 북이 울고
밤새껏 바다에선 뿡뿡 배가 울고

●●●●●
5) 위의 책, 67~68쪽.

자다가도 일어나 바다로 가고 싶은 곳이다

집집이 아이만한 피도 안 간 대구를 말리는 곳
황화장사 령감이 일본말을 잘도 하는 곳
처녀들은 모두 어장주(漁場主)한테 시집을 가고 싶어한다는 곳
산(山) 너머로 가는 길 돌각담에 갸웃하는 처녀는 금(錦)이라든 이 같고
내가 들은 마산(馬山) 객주(客主)집의 어린 딸은 난(蘭)이라는 이 같고

난(蘭)이라는 이는 명정(明井)골에 산다든데
명정(明井)골은 산(山)을 넘어 동백(冬栢)나무 푸르른 감로(甘露) 같은
물이 솟는 명정(明井)샘이 있는 마을인데
샘터엔 오구작작 물을 긷는 처녀며 새악시들 가운데 내가 좋아하는
그이가 있을 것만 같고
내가 좋아하는 그이는 푸른 가지 붉게붉게 동백(冬栢)꽃 피는 철엔
타관 시집을 갈 것만 같은데
긴 토시 끼고 큰머리 얹고 오불고불 넘엣거리로 가는 여인(女人)은
평안도(平安道)서 오신 듯한데 동백(冬栢)꽃 피는 철이 그 언제요

넷 장수 모신 낡은 사당의 돌층계에 주저앉어서 나는 이 저녁 울 듯
울 듯 한산도(閑山島) 바다에 뱃사공이 되여가며
녕 낮은 집 담 낮은 집 마당만 높은 집에서 열나흘 달을 업고 손방아
만 찧는 내 사람을 생각한다
— 「南行詩抄」

인용시는 '종백'을 '동백'으로 고치고 띄어쓰기에 맞추어 다시 기록
한 것이다. 그 외는 방언들도 원본을 좇아서 표기했다. 이 시의 핵심
은 '통영에 사는 내가 좋아하는 난이'이다. '난이'와 연결시켜 볼 수

난이가 다녔던 **명정샘**

있는 대목은 "좋아하는 사람이 울며 나리는 배", "처녀들은 모두 어장 주한테 시집을 가고 싶어한다는 곳", "내가 들은 마산 객주집의 어린 딸은 난이라는 이 같고", "난이라는 이는 명정골에 산다든데", "샘터 엔 오구작작 물을 긷는 처녀며 새악시들 가운데 내가 좋아하는 그이 가 있을 것만 같고", "내가 좋아하는 그이는 푸른 가지 붉게붉게 동백 꽃 피는 철엔 타관 시집을 갈 것만 같은데", "녕 낮은 집 담 낮은 집 마 당만 높은 집에서 열나흘 달을 업고 손방아만 찧는 내 사람을 생각한 다"등이다. 20행 중에서 7행이 '난'에 관련된 구절이므로 시 전체가 '난이'를 향해 씌어지고 있다고 할 수 있다.

'난이'에 대한 접근은 자세히 보면 점점 심화되는 쪽으로 이루어진다.

* 좋아하는 사람이 울며 나리는 배에 올라서 — (암시)

* 객주집 어린 딸은 난이라는 이 같고 ― (원거리)
* 난이라는 이는 명정골에 산다는데 ― (사는 동네)
* 새악시들 가운데 내가 좋아하는 그이 ― (감정의 직접적 표시)
* 내가 좋아하는 그이는 동백꽃 피는 철에 시집 갈 것 같은 ― (관심
   과 우려)
* 손방아만 찧는 내 사람을 생각한다 ― (동일체 의식)

시 「통영」은 난이에 대한 사랑을 표현하되 점층으로 관계의 밀도를 높여가고 있다. 백석은 마음에 두고 점점 좋아하고, 마침내 사랑으로 불붙어 오르는 감정을 시 한 편을 통해 보여준다. 감정의 직접성과 서사성이 결합되어 있는 서정시다. 그런데 주목할 수 있는 점은 백석이 바라본 1930년대 중반의 통영은 아직 개화의 물결이 잡히거나 근대화 과정의 어항 풍경이 잡히지 않고 있다. 김춘수의 시에 나오는 '호주 선교사집'이나 시가지의 새로운 건물들이 전혀 앵글에 잡히지 않고 있다. "황화장사 령감이 일본말을 잘도 하는 곳" 정도가 일제시대 항구의 현실적 풍경으로 드러나고 있을 뿐이다. 그 외는 전반적으로 토속적이거나 전통시대를 말해 주는 소도구들이 등장하고 있다. "갓", "돌각담", "객주집", "명정골", "샘터", "시집", "토시", "사당", "뱃사공", "녕", "손방아" 등이 쓰임으로써 구식 혼례 이미지를 떠올려 주고 한 여인에 대한 사랑이 전통적 정조관에 연결되어 있음을 암시해 주고 있다. 그만큼 화자의 사랑이 티가 섞여 있지 않을 뿐만 아니라 구원의 대상이 되어 있다는 것을 의미한다.

충렬사 계단에서 바라본 한산도 앞바다

4) 「통영」의 배경

시 「통영」은 제목이 배경인 셈이다. 그러나 시에서는 범위가 충렬사
와 명정골로 축소되어 있음을 알 수 있다. 그러니까 통영의 명정동에
서 바라다 보이는 한산도 앞바다와 충렬사 좌측으로 드는 명정골의
박경련 생가, 명정샘터와 그 언저리를 시의 배경으로 보면 될 것이다.
충렬사 앞 우측 건너편 길가 화단에 세워져 있는 '백석 시비 통영 2'도 배경권에 넣을 수 있을 것이다.

하나의 작품이 한 시인의 구원의 여인상을 드러내면서 또한 한 작은 항구를 그 사랑의 등가로 표현해낸 시는 이 작품을 제외하고는 찾아보기 힘들다. 이 작품 때문에 통영은 문학기행의 1번지라는 말이 나오고 작품의 배경이나 소재로 많은 시인 작가들이 선호하는 것을 보면, 우수한 시 한 편이 이끌고 갈 수 있는 자장이 그만큼 넓다는 것을 말해 주는 것이리라.

10. 최계락의 동시 「외갓길 1」

: 경남 진주시 지수면 승내리(승산리) 임내마을과 청원리 사이 고갯길(배경)

1) 동시인 최계락

최계락(崔啓洛, 1930~1970)은 경남 진양군 지수면 승내리(승산리) 임
내마을 597번지에서 최경호의 장남으로 태어났다. 현재는 진양군과
진주시가 통합되어 진주시 지수면이 그의 출생지가 되었다. 그는 지
수초등학교에 입학하지만 6학년 때 진주시 일반성초등학교로 전학을
가 거기서 졸업했다. 아버지가 일반성면으로 직장을 옮긴 데 그 이유
가 있다. 그가 그대로 졸업을 했으면 지수초등 19회가 된다.

그는 1947년 9월 동시 「수양버들」이 『소학생』지에 추천되어 이른바
소년 등과를 한 셈이었다. 중학생(중고등 통합제도)이 시인이 되어 이
름을 내게 된 것이다. 1948년 경남일보사 기자가 되고 1949년 진주고
등학교(졸업 시는 중고분리)를 졸업하는데 고등학교 재학 중에 신문사
기자라는 이름을 다는 것은 일반적이지 않은 사례이다. 그러나 광복

최계락의 생가가 있던 곳, 대밭 앞쪽

후 정부수립 당시의 혼란기에 고3 말기를 맞게 되면서 인턴 형태의 기자가 아니었나 싶다. 전쟁이 나는 그달 1950년 6월 동아대학교 문과를 수료하고 2년 후 1952년 6월 월간 아동잡지 『소년세계』 편집기자를 맡는데 이때는 부산에 임시수도가 있던 때이므로 모든 기관들이 부산에 있었다. 시 「애가」가 부산에 있던 『문장』지 추천을 받았다고 하지만,

지수초등학교 전경

교적비 옛 지수초등학교 터

이때 광복 이전의 『문장』지는 없었던 시절이니, 『문예』의 오기인 것으로 보인다.[1]

　1954년 진주로 돌아와 2년간 경남일보 문화부장을 지낸 다음 다시

• • • • •
1) 최계락, 『꽃씨』(문학수첩, 1988), 153쪽.

부산으로 가 국제신문사 기자로 일하기 시작하여 1970년 영면할 때까지 같은 회사에서 일했다. 1959년 첫 동시집 『꽃씨』(해동문화사), 1966년 둘째 동시집 『철뚝길의 들꽃』(청운출판사)을 발간하고 그 사이 부산시문화상, 제3회 소천아동문학상 등을 받았다. 신문사에서는 문화조사부장, 정경부장, 편집부국장 등을 역임했다.

여기서 그가 태어나 자란 진주시 지수면, 또는 지수초등학교의 특징을 알아볼 필요를 느낀다. 최근에 언론을 통해 보도된 바 있는 「재벌총수 배출의 산실-진주 지수초등학교와 풍수지형」(탐방기획 http://wrn2991.blog.me/50093062460)이라는 글이 인구에 회자된 바 있다. 이 글은 말할 것도 없이 지수면과 지수초등학교가 명당이라는 점을 부각시킨 것이다. 경남 서부지역 교육, 상업 중심지 진주는 서울 등 7대 광역도시를 제외한 전국 162개 시, 군 가운데 230여 명의 각계 엘리트를 배출해 인물 순위 1위에 오른 도시로 유명하다. 그중 61명이 한국 경제 개발에 추진 동력을 보탠 굴지의 기업인들이어서 다른 지역보다 재벌 총수들이 많다. 그 인재 배출의 산실로 80여 년(20세기) 전통을 이어온 곳이 진주시 지수면 승산리 195-2번지 지수초등학교다.

LG 창업주 구인회 회장은 2학년에 편입했다가 1924년 상경하여 중앙고보를 다녔다. 삼성 창업주 이병철 회장은 1922년 3학년에 편입, 6개월을 다니다가 같은 해 9월 수송보통학교로 전학했다. 구 회장과 이 회장은 한 반에서 동문 수학한 사이가 된다. 지수초등학교 출신 재계 인사들은 구철회(3회, LG 부회장), 허정구(5회, 전 삼양통상 사장), 구정회(11회, 전 금성사 사장), 허준구(13회, LG 명예회장), 구자경(14회, LG 명예회장), 구평회(15회, 전 호남정유 사장), 구두회(17회, 전

LG 사장), 허신구(18회, LG 명예회장) 등 기라성 같은 성공신화의 인물들이다.

이런 인물들이 나는 이유를 풍수로 진단하는 사람들은 의령군과 함안군 사이에는 항상 물속에 잠겨 있는 솥처럼 생긴 바위가 있어 '솥바위' 또는 '鼎巖'이라 부르고 있는데 이를 중심으로 세 사람의 국부(國富)가 났다는 것이다. 삼성의 이병철, LG의 구인회, 효성의 조홍제가 그들인데 그 세 사람이 난 자리가 솥단지의 세 다리가 된다는 설이 그것이다. 그리고 방어산이라는 지수면을 둘러싸고 있는 산의 자리가 좋은 인물들을 만들어내는 지형이라는 설이다.

어쨌든 시인 최계락은 그 재벌 탄생의 기운을 받으며 지수초등학교를 다녔다. 그리고 임내마을 양지바른 곳 대밭동네에서 자랐다. 생각해 보면 지수초등의 정기는 최계락이 더 많이 듬뿍 받은 것은 아닐까? 시 작품은 아직 살아서 영원 만대를 흘러가 시간을 초월하여 인간들의 감성의 숲을 만들고 정서의 들녘을 깔아줄 것이다. 재벌이나 돈이 도무지 해낼 수 없는 일을 시인은 조용히 이행하고 있는 것이다.

2) 한국 동시 역사에서 차지하는 최계락의 위치

동시인의 경우 문단 일반의 등단 개념을 뛰어넘는다. 이원수는 15세에 「고향의 봄」을 써서 국민적 동요를 만들어냈고 백석의 제자 강소천은 16세에 어린이 잡지에 동시, 동요를 발표했다. 최계락은 초등학교 6학년을 두 번에 걸쳐 다녔는데 두 번째 6학년 때(1943) 『주간 소학생』지에 「조각달」이라는 제목의 동요를 발표했고 1944년 진주중학교

1학년 때 『문예신문』에 동요 「고갯길」을, 1947년 4학년 때 『봉화』지에 동요 「해 즈믄 남강」, 『새동무』에 「새 일꾼 어린이」, 「봄이 오면은」, 「보슬비」, 「허수애비」, 「이슬」을, 『문예신문』에 「고갯길」을, 『소학생』 지에 「봄바람」, 「수양버들」을, 1949년 6학년 때 『문예신문』에 「외로운 고개」를, 『어린이신문』에 「구름은 조각배」를, 『문학청년』 5집에 「길」, 「설날」, 「할아버지」 등을 발표했다. 그러니까 최계락은 중학교 시절에 전국을 무대로 활동을 하고 있었던 셈이다.

최계락은 생존시 동시집 『꽃씨』(1959, 예문관), 『철둑길의 들꽃』(1966, 청운출판사)이 나왔고, 사후 10주기 추모사업회에서 시선집 『외갓길』(1980, 해양출판사)을 간행했다. 그 후 1998년 문학수첩에서 누락된 원고들을 모두 모아 1, 2권으로 최계락 시를 재편하여 내었다. 1권은 『꽃씨』, 2권은 『꼬까신』이라는 이름으로 내었는데 편집은 임신행이 주도했다.

김형만은 최계락의 동시를 3기로 나누어 살폈는데 제1기는 '자연 중심의 순수 서정'(1943~1959), 제2기는 '궁핍 부재와 그리움'(1960~1966), 제3기는 '탈자연의 다양한 삶'(1967~1970)으로 정리했다.[2] 제1기는 첫 동시집 『꽃씨』의 세계를 집약한 것이고, 제2기는 둘째 동시집 『철둑길의 들꽃』을 집약했으며, 제3기는 유고집 『외갓길』을 집약한 것이다. 그러면서 최계락 동시의 특징을 '동심과 미학의 만남'으로 요약했다. 당시의 동시인들에게서는 찾아보기 힘든 미학적 양상을 짚어보고 있는 것이다. 그것은 자유율, 비유법, 짜임 등에 힘입어

•••••
2) 김형만, 「최계락 동시 연구」(경상대 대학원 국어국문학과 석사논문), 2000, 6~7쪽.

성인시가 이루는 것 이상의 균제와 언어의 탄력을 받고 있다는 점을 지적해 준다는 것이다.

이러한 동시의 특징을 등에 업고 최계락은 1960년대 이후의 본격문학의 전개라는 아동문학사의 안정기를 개척해 주는 동시인으로 평가되고 있다. 최계락은 1940년대 중반 이후 광복기와 1950년대 혼란기를 헤쳐 나가는 아동문학계의 핵심으로 부상했다. 이 점에서 그를 '아동문화운동시대'(1908~1945) 다음에 오는 '아동문학운동시대'(1945~1959)를 몸으로 겪으면서 본격아동문학시대로 가는 허리 역할을 해낸 시인으로 평가할 수 있을 것이다. 같은 대열에 있었던 시인은 1950년대 대표적 동시인으로 불리는 이종택, 이종기 등이었다.[3]

3) 최계락과 이형기

최계락은 나이 마흔에 세상을 떴으므로 제일 친한 친구로 살았던 이형기에 대해 이야기하는 글이 보이지 않는다. 그 대신에 최계락에 대한 이형기 시인의 글은 두 편이 보여 그 교분의 정도를 알 수 있다. 이형기는 『개천예술제40년사』(1989, 한국예총진주지회)에 회고글 「운명의 진로 밝혀준 날」을 썼고, 유고 최계락 동시집 『꽃씨』(1998, 문학수첩)에 해설글 「강물에는 꽃씨가 바다를 향해 가고」를 썼다. 두 사람은 고등학교 재학 중에 극적인 만남을 가졌는데 최계락은 진주중학교(구제도) 6학년 때였고 이형기는 진주농림학교 5학년 때였다.

•••••
3) 이재철, 『한국현대아동문학사』(1978, 일지사), 471쪽.

이형기는 1949년 제1회 개천예술제 백일장에 나가 장원을 하고 시상식에서 최계락을 만났다.

잘하면 입상권에 들지도 모른다는 기대를 조금 갖고는 있었지만 장원이 될 줄은 정말 꿈에도 생각하지 못했던 일이다. 기쁨으로 온몸이 뜨겁게 달아올랐다. 그러나 그 소식을 알려 기쁨을 나눌 만한 사람이 없었다. 집에는 어머니와 세 동생이 있었지만 2년 전에 아버지가 세상을 버린 후론 삯바느질로 설림을 꾸려가노라고 슬퍼할 겨를도 없는 어머니는 문학이 무엇인지조차 몰랐고 동생들은 어렸기 때문이다.

시상식이 끝나자 진주중학 제복을 입은 키 큰 학생이 나를 찾아와 손을 내밀었다. 최계락군이었다. 초면이었지만 나는 최군을 전부터 알고 있었다. 그것도 그럴 것이 당시 최군은 전국의 여러 아동잡지에 상당수 동시를 발표한 기성시인이었고, 또 「문학청년」이라는 동인지의 중심인물이었기 때문이다. 그래서 평소부터 만날 수 있는 기회가 생기기를 바라고 있던 최군이 먼저 나를 찾아와 인사를 청한 것이다. 커다란 영광이 아닐 수 없다. 최계락군과 박재삼군을 만나게 된 것은 영남예술제(시작할 때의 예술제 이름)가 나에게 안겨준 백일장 장원 이상의 행운이다. 그러나 최군은 유명을 달리한지 어언 20년이 된다. 사람이 너무 착해서 내가 '수염난 천사'라고 별명을 붙였던 최군의 명복을 다시 빈다.

인용글들은 모두 이형기의 『개천예술제40년사』 회고글에서 따왔다. 앞글은 이형기의 장원 당시의 외로움과 가정의 형편을 엿볼 수 있고 뒷글은 백일장 시상식에서 최계락 시인을 만난 감격을 말하고 있다. 이 무렵 최계락은 이미 전국적으로 동시를 발표하여 아동문학계의 샛별로 떠올랐으므로 이형기에게는 선망의 적이 되고 있었는데, 이렇게 먼저 나타나 손을 내밀 줄을 몰랐던 것이다.

최계락은 그 자리에서 또 신문 한 장을 이형기에게 내밀었다. 거기에는 월간 문예지 『文藝』 12월호 출간 광고가 나와 있었는데 광고 시란에는 이형기의 시 「비오는 날」이 추천되었음을 알리고 있었다. 이형기는 펄쩍 뛰는 기분이었다. 평생을 두고 하루 중에 두 가지 경사가 가난한 그에게 생길 줄이야 꿈에나 생각했던 것이겠는가? 그 경사가 우러러보던 최계락을 만나는 기쁜 자리에서 이루어지고 있었던 것이다. 이날, 이형기는 '운명의 진로 밝혀준 날'이 되었다.

최계락과 이형기는 가까운 친구가 되었고 『이인 二人』이라는 동인지를 내었다. 1951년 여름이었다.

> 최계락 선생과 나는 폐허가 된 진주에서 땀을 뻘뻘 흘리며 표지까지 합쳐 꼭 30페이지짜리의 얄팍한 동인지 '이인'을 내었다. 둘이서 낸다고 '二人'이라 한 것이다. 지금 문단에선 그 '이인'을 아는 사람이 많지 않다. 열 사람 정도나 될까 말까. 게다가 그것은 창간호가 곧 종간호가 되고 만 책이다. 하지만 이 '이인'에는 최계락 선생의 대표적인 작품들이 수록되어 있다. 최계락 선생의 첫 동시집 '꽃씨'의 제목이 된 동시 「꽃씨」도 '이인'에 처음으로 발표된 것이다.[4]

최계락 시인과 이형기 시인은 이렇게 문학으로 어깨동무를 했던 고향의 절친한 문우였다. 진주 신안동 녹지공원에는 진주 제일로타리클럽에서 세운 이형기 최계락 이인 시비가 서 있다. 이형기의 「낙화」, 최

•••••
4) 최계락, 앞의 책, 135쪽.

계락의 「남강」이 앞뒤로 새겨져 있다. 마치 책을 펼치면 2페이지가 나오듯 두 편의 시가 하나의 돌에 새겨진 것이다. 형제처럼 지내던 사이였으므로 시비가 하나로 묶인 것임에도 어느 쪽에서도 불만이 없었다고 한다.

4) 「외갓길 1」과 「외갓길 2」

「외갓길」은 1, 2 두 작품이 있다. 1은 첫 동시집 『꽃씨』에 실려 있고, 2는 유고집 『외갓길』에 실려 있다. 제2차 동시 유고집 1 『꽃씨』에는 「외갓길 2」가 실려 있고 제2차 유고집 2 『꼬까신』에는 「외갓길 1」이 실려 있다. 발표순이 거꾸로 되어 있다. 그러니까 문학수첩판 제2 동시집 1, 2권은 발표순이 아니라 소재별로 재편된 것으로 보인다. 「외갓길 1」을 보자.

복사꽃 발갛게
피고 있는 길

파아라니 오랑캐가
피여 있는 길

엄마한테 손목 잡혀
나서 첨으로

하늘 하늘 아가의
외갓집 가는 길은

최계락의 외가 가는 길 마지막 모랭이

나비가 앞장 서는
붉은 언덕길

바람이 앞장 서는
파아란 들길

　인용시는 태어나 처음으로 아가야의 외갓집 가는 길에서의 한없이
설레는 마음을 노래한 동시다. 동시 속에 등장하는 사람은 어머니와
아가이고 이야기를 끌고 가는 이(화자)는 따로 있다. 화자는 아버지일

수도 있고 형님일 수도 있다. 아가보다는 분명히 나이를 더 먹은 사람이다. 이런 시를 성인 동시라 부를 수도 있을 것이다. 이 동시는 최계락 동시가 갖는 미학적 특징을 잘 드러내는 시다. 우선 잘 짜인 리듬의 변용을 들 수 있다. 전체적으로 7·5조를 2행으로 배치하고 있는데 7·5조가 곧이곧대로 7·5조가 아니다. 음수율로 볼 때,

1연 : 6
5

2연 : 8
5

3연 : 8
5

4연 : 7
7

5연 : 7
5

6연 : 7
5

음수가 나름대로 들쭉날쭉이다. 그 자체가 음수율을 탄력성 있게 운용하는 기교에 속한다. 그만큼 최계락은 리듬 관리에 철저한 편이다.

7·5조를 음보율로 치면 3·4·5조가 되거나 4·3·5조가 되는데 그것이 이른바 전통 율격 3음보로 칠 수 있다는 것이다. 그렇게 보고 각 연 1행의 자수를 보자. 1연은 (3·3) 2음보, 2연은 (4·4) 2음보, 3연은 (4·4) 2음보, 4연은 (4·3) 2음보, 5연은 (3·4) 2음보, 6연은 (3·4) 2음보가 된다. 음보는 2음보로 통일되지만 그 속의 음수는 각기 다르다. 최계락 동시가 본격적인 성인 시 수준의 동시라고 말하는 까닭이 여기에 있다.

형식에서 각운이 주는 효과는 결코 적은 것이라 할 수 없다. 1연, 2연의 2행 끝처리가 각운으로 '길'이 제시된다. 3연, 4연은 쉬고 5연, 6연의 2행 끝처리는 다시 '길'로 돌아온다. 이는 각운−비각운−각운으로 이어지는 민요형 패턴이다. 예를 들면 "형님 우리 형님"과 같은 것이다. 그리고 시에서 색감의 대비가 예사롭지 않다. 1연과 2연에서 붉은색과 파란색의 대비를 볼 수 있고 5연과 6연에서 '붉은'과 '파란'의 대비가 이어진다.

인용시에는 더 섬세한 부분이 구조를 이루고 있다. 1연, 2연은 자연이고 정적이다. 거기 비해 5·6연은 자연이라도 동적이다. 또 들여다보면 이 시는 자연과 인간들의 어우러짐이라는 것이 평화로운 풍경으로 다가온다. 1·2·5·6연은 자연이고 3·4연은 인간들의 움직임이다. 그런데 그것들은 서로 따로 노는 것이 아니라 하나의 깍지 낀 손처럼 어울리고 있다. 자연과 인간이 평화롭게 섞이어 하나의 길을 형성하고 있다. 최계락의 동시는 그렇게 조직적이고 유기적이다. 「외갓길 2」를 읽자.

구름꽃 피고 지는
산 너머 마을

외갓집에 가는 길
푸른
산길에

누나하고
한나절

꽃을 따며
놀다가

어느새
그만
날이 저물어

도루
집으로 돌아오던 날

외할머니 무릎에서
자는 꿈을 꾸었다

「외갓길 2」는 리듬에 있어 보다 자유롭다. 7 · 5조를 1, 2행으로 2분
했던 것을 3연 이하는 더 잘게 나누어 행갈이를 하고 있다. 시인이 행
갈이를 더 자유롭게 하여 시를 성인 시에 가까운 기법을 구사하고 있
다. 그리고 「외갓길 1」에서는 아가와 엄마가 등장했지만 「외갓길 2」에

서는 누나가 등장한다. 아가가 제법 놀러나갈 수 있을 만큼 성장하고 있음을 볼 수 있다.

그런데 생각해 볼 것은 외갓길에 나섰으면서도 놀기에 바빠 놀다가 돌아온다는 점이다. 경우에 따라서는 아가에게도 안 되는 일이 생긴다는 체험을 한 것이 주목된다. 최계락의 동시는 전반적으로 볼 때 동심천사주의와는 다르다는 것을 알 수 있다. 리얼리즘의 측면이 대두되는 것은 한국 동시문학사가 기록해 두어야 할 점이다. 가령 「판자가게 그 아이」가 리얼리즘에 속해 있는 뚜렷한 작품이라 할 수 있다.

어딜 갔을까
하루
이틀
사흘........

아침이면
꼭 이맘때쯤
학교 가는 골목길서
눈 인사로 정이 든
판자가게 그 아이.

어디
딴 곳으로
자리를 옮겼을까
아니면
몸져
누워라도 있는 걸까.

왜 안 나올까
나흘
닷새
엿새……

오늘도 학교길에
그 애는 없고

문 닫은 빈 가게만
비에 젖는다.

이 작품은 아마도 1950년 6·25 직후의 피난민 시대를 연상하게 한
다. 피난 온 사람들이 판자로 만든 가게를 내고 그 집 아이는 학교를
다니는데 오늘은 사흘 나흘째 그 집 아이가 안 보이고 가게는 문을 닫
았다는 이야기를 담고 있다. 호구지책이 되지 않아 장소를 어디로 옮
겨간 것으로 추측되는 상황이다. 동시에서 이런 현실적인 소재를 가
지고 쓴다는 것이 종전에는 거의 금기로 되어 있었다. 최계락 이전
1930년대에 이원수에 의해 약간의 시도가 있었지만 그런 지향이 흐름
을 만들어내지 못했다. 그 이후 1950년대를 경과하면서 최계락 시인
이 있는 그대로의 시화를 시도한 것은 새로운 동시의 물결이라 할 것
이다.

어쨌든 「외갓길 2」에서는 잘되는 것이 아닌, 답답한 것 등이 소재로
등장하는 단초를 보이고 있다.

멀리 최계락의 외가 마을이 보인다

5) 배경

　최계락의 동시 「외갓길 1」과 「외갓길 2」의 배경은 시인의 출생지 주
변이다. 경남 진주시 지수면 승산리(승내리) 임내마을에 최계락의 생
가가 있고, 거기서 2km 동향으로 가면 산언덕이 나온다. 같은 면 청원
리 가는 산길인데 그 고개를 넘어가면 들판이 탁 트이고 2km 거리에
청원리가 기다랗게 들녘을 가슴으로 받아들이는 모양을 하고 있다.
옛날에는 그 길이 오솔길이었지만 지금은 신작로가 되어 있다. 필자
가 그곳을 갔을 때는 10월이라 낙엽이 이제 막 들락말락한 초가을이
었다. 시 속에 나오는 복사꽃, 오랑캐꽃이 없고 나비도 날아다니지 않

앉다. 다만 사계절 불어오는 '바람'만 불어오고 있었다. 박재삼 시인이 「천년의 바람」을 노래한 것처럼 바람은 계절을 타지 않고 한결같이 분다. 그래서 하늘과 바람만이 고향을 지키는 파수꾼이라는 것을 생각하게 했다. 최계락 시인과 동행했다면 「외갓길 3」을 썼을 것이다.

오솔길 넓다라이
신작로가 된 길

산새와 들새가
만나
지절이는 길

들녘 너머 외갓집
삼삼이 보이고

세다가 더 셀 것 없는
외할머니 머리

무덤에 할미꽃 되어
내다보시나.

11. 서정주의 시 「晋州 가서」

: 경남 진주시 본성동 남강변 빨래터(배경)

1) 서정주의 시

서정주(徐廷柱, 1915~2000)는 전북 고창군 부안면 선운리 578번지에서 서광한의 장남으로 출생했다. 1924년 전북 부안군 줄포공립보통학교에 입학, 6년 과정을 5년 만에 수료하고 1929년 서울 중앙고등보통학교에 입학했으나 11월 광주학생운동 주모자 4명 중의 하나로 퇴학당해 구속되었다. 그러나 나이가 어리다는 이유로 기소유예되어 석방되고 1931년 고창고등보통학교에 편입했지만 이내 권고 자퇴했다. 1935년 박한영 대종사의 권유로 중앙불교전문학교에 입학했고, 1936년 동아일보 신춘문예에 시 「벽」이 당선되고 이어 『시인부락』 편집인겸 발행인으로 동인지 발간을 했는데 동인으로는 김동리, 이용희, 오장환, 김달진, 함형수 등을 들 수 있다.

1941년 첫 시집 『화사집』을 출간하여 장안의 화제가 되었다. 이 무렵의 시편들로 그는 생명파 또는 인생파라는 이야기를 듣게 된다. 그 전의 시들이 대체로 주지적이거나 경향적인 데로부터 벗어난 점에 유의한 것이었다. 김용직은 서정주의 위상을 다음과 같이 지적했다.

> 서정주는 30년대 후반기의 한국시에 한 도표가 되는 시인이다. 그 이전 한국시는 주지적이거나 서정의 세계를 완전히 벗어나지 못한 것이었다. 말하자면 거기에는 들끓는 의욕이라든가 짙은 인간의 체취가 모자랐던 것이다. 서정주가 지향한 생명 현상에 대한 탐닉은 이 한국시의 빈터를 개척해 가고자한 첫 시도였다.[1]

서정주는 1930년대 육성의 시로써 시단의 중심에 섰다. 그 이후 동양적 서정의 자장 안으로 들어오고 이어 신라라는 세계, 곧 영원주의를 형상화하고 그리고 질마재를 중심으로 한 설화세계의 궁구를 통한 민족성에의 자각에 이르렀다. 서정주는 우리나라 시인들 중에 가장 확실한 시의 일생을 가진 시인이 되었다.

2)「晉州 가서」를 언제 썼나?

시「진주 가서」는 본문 중에 "一·四後退 때 나는 晉州 가서 보았다."고 4번 반복하고 있는데 6·25 공간 '1·4 후퇴'(1951년 1월 4일) 중에 진주에 왔다가 가서 쓴 것이 분명하다. 혹 서정주가 진주에 머물면서 쓴 것이라고 볼 수도 있는데 전시 중 진주에서 피난을 하며 머물

• • • • •
1) 김용직,「한국 현대시의 흐름」,『한국 현대시 작품론』(1982, 문장사), 34쪽.

렀다면 그럴 수도 있었을 것이다.

　필자는 『서정주 전집 5 - 미당자서전 2』를 샅샅이 훑어보았는데 진주 대목이 보이지 않는다. 그런데 짚어야 할 대목은 서정주의 문교부 예술과장건이다. 1948년 정부수립이 되고 서정주는 필기고사를 거쳐 문교부 초대 예술과장이 되었다. 이때 동아일보 문화부장으로 있다가 전직한 것이었다. 11개월간 근무하다가 사표를 써냈는데 일들이 현장 감독이나 이권청탁 같은 것이 많이 들어와 견딜 수가 없었던 것으로 설명하고 있었다. 1949년 11월쯤에 그만둔 것으로 보이는데 그 후임자가 설창수라는 사실이 주목된다. 아마도 문교부 예술과장 자리는 문학단체나 문학의 수장들이 추천했던 것이 아닐까 짐작해 본다. 1950년 6월에 전쟁이 터지고 그 기간 문교부 예술과장은 설창수 시인이었으므로 서정주는 1·4 후퇴에 잠시 짬을 내어 진주로 와 설창수를 만날 이유는 있었을 것으로 보인다. 선임과 후임이 현안문제 처리 결과를 놓고도 궁금한 사항이 있었을 것이기 때문이다.

　정황은 이런데 1·4 후퇴 이후의 행적이 도무지 오리무중이다. 서정주는 6·25 피난대열에 끼여 문인들과 함께 대전으로 후퇴했는데 거기서 종군문인단에 합류했다. 그러다가 정신이 혼미해진 그는 구상 시인의 배려로 부산으로 내려가 청마 유치환의 집에 신세를 졌다. 6개월간이었다.

　　이때 청마가 묵고 있던 집이 무슨 동이었는지 그건 외진 못했지만 그
　　건 앞과 옆에 뜰이 이백 평쯤은 달린 일본식 별장풍의 단층 목조의 집으
　　로, 산기슭에 자리한데다가 남동쪽으로 현해탄의 바다가 환히 내려다보
　　여 지치고 불안한 마음을 가다듬기에는 아주 알맞은 곳이었다. 이것은

진주성 성곽

물론 그의 소유가 아니고 그의 지인의 것으로 사변 뒤에 여기가 잠시 비게 되어 청마의 가족들은 임시 그 집지기 겸해서 빌려 쓰고 있는 것이라 했다. 그는 그의 부인과 딸들을 시켜 거의 날마다 장을 보아 오게 해서는 나를 칙사처럼 극진히 대접했다.[2]

청마 유치환은 피난 시절 종군문인으로 갔다가 병자가 되어 자기에게 의탁해온 1930년대 문학유파(생명파)로서의 동지였던 서정주를 극진히 간호해 주었다. 9·28 수복으로 서정주는 서울로 가 활동하다가 석 달 좀 지나 1·4 후퇴로 또 가족들과 같이 남행열차를 타야 했다.

•••••
2) 『미당 자서전 2』(민음사, 1994), 258~259쪽.

대전까지 와서는 더 이상 경부선 위에 놓일 수는 없다고 여긴 가족들은 이리로 가서 전주까지 가기로 한 것이었다. 전주에서는 시인 이철균의 주선으로 전주고교 교사로 있게 된다. 서울에서 전주로 오던 이 길에서 경남 진주로 왔다가 갔는가를 헤아려보지만 일정상 불가능하다는 판단이 섰다.

1952년에 전주에 있던 서정주는 광주로 가 김현승을 만나고 이어 광주 조선대학교 교수로 부임하여 광주 생활이 시작되었다. 아마도 서정주의 진주행은 이 무렵 틈이 나서 결행되었을 것으로 추측된다. 서정주와 설창수는 진주 남강가 의암 근처 의암비각 앞에서 사진을 찍은 것이 설창수 전집 화보에 있는데 이때 서정주 시인의 식구들이 함께 찍히지 않은 것으로 보아 단신 진주로 다녀간 것으로 보인다.

서정주 시집은 1941년에 『화사집』이 나왔고 1948년에 『귀촉도』가 나왔고, 세 번째로 1956년 『서정주 시선』이 나왔는데 1952년 즈음에 창작된 「진주 가서」는 세 번째 시집 『서정주 시선』에 들어가야 맞다. 그러나 「진주 가서」는 1960년 『신라초』에 실려 있다. 아마도 『서정주 시선』에 들어가는 조건은 나름의 작품성을 고려한 것이라 볼 때 「진주 가서」는 신라정신의 형상화에 걸맞는 그 주변 시로 취급한 것은 아닐까 하는 생각이 든다.

3) 「晉州 가서」 읽기

시 전문은 다음과 같다.

백일홍꽃 망울만한 백일홍 꽃빛 구름이
하늘에 가 열려 있는 것을 본 일이 있는가.

一 · 四後退 때 나는 晉州 가서 보았다.

암수의 느티나무가 五百年을 誼 안 傷하고
사는 것을 보았는가.

一 · 四後退 때 나는 晉州 가서 보았다.

妓生이 淸江의 神이 되어 정말로 살고 계시는 것을
보았는가.

一 · 四後退 때 나는 晉州 가서 보았다.

그의 가진 것에다 살을 비비면 病이 낫는다고
아직도 귀때기가 새파란 論介의 江물에다 두 손을 적시고
있는 것을
詩人 薛昌洙가 손가락으로 가리켜 주어서 보았다.

시는 논개의 남강물이 하나의 무속적 치유의 공간이 되어 있음을 말
하고 있다. 기생 논개가 나라를 위해 왜장을 껴안고 죽어 불멸의 충혼
으로 역사 속에서 관류하고 있으므로 논개는 '다 가진 존재'가 되어
있다. 그래서 진주 아낙들이 강물에다 손을 적시면 온갖 재앙의 액운
을 씻을 수 있다는 믿음이 퍼져 있다. 서정주는 진주 빨래터에서 그런
여인들의 무속적 행위를 눈으로 보면서 설창수 시인의 설명을 듣고

의암 위에 있는 **논개지문**

있다.

1연에서는 백일홍 꽃을 등장시킨다. 논개사당 절벽 쪽에 있는 것을 눈여겨보고 주로 사당이나 무덤가에 심는 꽃나무인 백일홍을 떠올려 이야기를 죽은 이의 것으로 진행하는 것을 암시한다. 그런데 그 백일홍 꽃빛 구름이 하늘에 가 열려 있다고 표현하여 논개가 하늘 공간과도 연결되어 만고에 청청히 빛난다는 의미를 드러낸다. 2연은 암수의 느티나무가 의 상하지 않고 5백 년을 누리고 있음을 드러내어 민족과 논개의 얼이 상합의 원만함을 보여주고 있다는 뜻을 표하는 것으로

읽을 수 있다. 그런 분위기 속에 논개는 청강의 신으로 영원히 살아가고 있다는 것이다. 논개의 '가진 것'은 무엇일까? 순국의 표양이거나 나라사랑의 실천적 상징으로 어떤 허물이든 겨레의 삶에 드리워지는 것을 퇴치할 수 있는 힘이 될 것이다. '神'은 전지전능하다고 하지 않는가.

이 시가 『서정주 시선』에 실리지 않고 『신라초』에 실렸던 까닭은 신라정신의 '영원주의'에 관계되는 것으로 생각했던 것이 아닐까? 논개가 청강의 신이 되어 삼세를 꿰뚫는 존재가 된 것으로 설명하고자 했던 데 그 이유가 있지 않을까?

4) 배경

「晋州 가서」의 배경은 진주 본성동에 있는 논개사당 주변, 의암 주변, 그리고 진주성 남쪽 허리 아래 옛날 여인네들의 빨래터가 될 것이다. 새벽에 나와 빨래하는 사람이 그때나 지금이나 없겠지만 무엇인가 액이 끼인 삶에서 불안이 몰려오는 새벽이면 여인들은 빨래터에 나와 흘러오는 물살에다 손바닥을 적시거나 액을 쫓아 보내듯이 손가락을 저어 물을 밀어내는 것을 볼 수 있다. 액운이 씻기고 드디어 마음의 평정이 온다는 믿음을 가진 여인들의 무속적 치유 장면이다.

부록
동일 작가, 시인들이 쓴 경남 배경의
다른 작품들

1. 김동리

1) 소설 「역마」

* 줄거리: 젊은 시절 잠시 화개장터를 들렀던 체 장수 영감이 딸 계
연을 데리고 화개장터에서 혼자 주막을 하며 살고 있는 마음 착하고
인심 좋은 옥화네 주막을 찾는다. 옥화는 아들 성기와 단둘이 살면서
술집을 하고 있다. 영감은 옥화에게 인사를 청하고, 자신은 화갯골로
들어갔다가 하동 쪽으로 가볼 생각이라면서 갈 때 데리고 가겠으니
딸을 맡아 달라고 한다.

옥화의 아들 성기는 외할아버지와 아버지로부터 물려받은 역마살을
지니고 있어, 결혼에는 관심이 없고 어디론가 떠돌아다니고 싶어 한
다. 이를 안 어머니 옥화는 색시들을 두고 접근하게 하기도 하지만 소
용이 없다. 그녀는 생각다 못해 그를 쌍계사 절로 보내고 장날만 집에
와 있으면서 장터에서 책을 팔게 한다. 그런 성기 앞에 노인의 딸인

계연이 나타나자 여자들에게 관심을 보이지 않던 그가 계연에게 관심을 보이고 옥화 역시 즐거운 얼굴이 된다. 옥화는 계연을 아들과 결혼시켜 정착시킴으로써 아들의 역마살을 풀게 하려고 계연으로 하여금 성기의 시중을 들게 하거나 나들이도 보내고 한다. 그리하여 성기와 계연은 서로 사랑하는 사이가 된다.

화갯골로 들어간 지 보름이 넘어도 영감은 돌아오지 않는다. 옥화는 산중에서 아주 여름을 지내는 모양이라고 생각한다. 어느 날 옥화는 계연의 머리를 빗어주다가 왼쪽 귓바퀴 위의 조그만 사마귀를 발견하고는 놀란다. 체 장수 영감이 36년 전에 한 번 들른 적이 있다던 이야기를 상기시켜 본다. 이튿날 옥화는 악양에 볼일이 있다면서 아침 일찍 떠난다. 옥화가 없는 집에서 술손님들의 치다꺼리를 하던 계연은 성기에게 혼이 난다. 옥화는 악양 명도에게 갔다 돌아온 뒤부터 성기와 계연의 사이를 경계한다. 성기는 그것이 싫어서 절에서 눌러 있던 참이었다. 절에서 내려온 성기는 이웃 주막의 놈팡이 하나와 참외를 먹고 있는 계연을 보고 화를 낸다. 이튿날 아침 계연을 찾으려는 듯 여기저기를 기웃거리다가 성기는 절로 올라간다. 그가 절로 올라간 날 저녁 때 영감이 돌아온다.

다음날 떠나려는 것을 옥화가 하루 더 쉬어서 가라고 만류한다. 다음날 성기가 절에서 내려왔을 때 체 장수 영감과 계연은 떠날 준비를 한다. 이제 떠난다는 말에 성기는 충격을 받는다. 옥화는 계연의 조그만 보따리에다 돈이 든 꽃주머니를 정표로 넣어준다. 옥화는 영감에게 살기 여의치 않거든 여기 와서 함께 살자고 한다. 계연이 울음과 같은 목소리를 남기고 떠난 뒤, 성기는 자리에 눕고 만다.

그러던 어느 날, 옥화는 일의 전말을 이야기한다. 36년 전 체 장수
가 옥화 어머니와 하룻밤을 관계하여 낳은 딸이 옥화라는 것, 결국 계
연은 성기의 이복 이모가 되므로 천륜에 의해 둘은 결혼할 수 없는 사
이라는 것이다. 옥화의 이야기를 들은 성기는 기력을 되찾아 운명에
순응하며 엿판 하나를 구해서 콧노래를 흥얼거리면서 정처 없이 길을
떠난다.

＊ 배경: 경남 하동군 화개면 화개장터

2. 설창수

1) 시 「龍門寺의 밤」

언제 어느 스님인지
이 깊숙한 골짜기에
절 하나 이룩하여

大雄殿 寂默堂 鳳棲樓……

낮이면 새소리
밤이면 바람소리
새벽마다 종소리 목탁소리 염불소리
밤낮으로 물소리.

닫지 않는 문간 양쪽에

四天王이 지킨다 하여

누구를 막는 노릇이 아니기에

이 밤 깊이 우리를 맞나니

사람이 살기에 지친 마음들을

모두 고향인 양 여기 찾아와서

바람소리 물소리를 자장가로 들으면

어느 임이 따로 계시도 않는 밤을

꽃 촛불 장등한 양 화려하구나.

* 배경: 경남 남해군 이동면 용소리 868

2) 시 「大源寺 九重塔」

지리산 심심 계곡 대원사 높은 뜰에

梵僧 烟起祖師 이후 一千 四百년을

하루 아침 같이 난 서서 있다.

불과 물과 바람과 세월과

그것으로 의하여 물들고 무늬 놓은

검은 囚衣의 내 충직한 刑業은

無常에 대한 싸늘한 逆說.

山岳과 日月 星辰과 무궁 蒼天과 더불어

너희가 규정한 無常을 굽어 보고

눈부신 丹靑을 설빔하여 몇번 새로운

가람을 세워 놓거나

때 없는 실수로 말미암은 불의 혀끝

불의 불꽃 불의 그으름으로

내가 火傷되고 後光 속에 빛나고

보기 싫게 오염된달지라도

초조도 감동도 아예 없는 나다.

榮辱과 存滅의 논의를 以上한 자리로

홀연히 超克한 九重의 모습 앞에

염불 합장하여 공덕을 바람이란

한갓 구차한 迷信이여.

난 끝내 非情의 보살…

나의 領域은 이승 밖엔 없다.

난 有無常의 關路에 독립한 終身哨다.

* 배경: 경남 산청군 삼장면 평촌 유평로 453

3) 시 「伽倻山 海印寺」

꺾은 듯 峨峨할 뿐,
도도함이 없는 너 伽倻의 이마.

푸른 千年의 落落이 門이 되고
그 사이로 흐르는 無常의 洞길이
虹流의 물소리로 淙淙하다.

고목의 虛壁을 치는 딱따구리의 박자와
「色空」 두 글자에 집념한
職僧의 목탁 소리가 和한다지만,
저 峻嶺의 頂上을 넘어 오는 松籟와
寒夕에 높이 외마디하는
가마귀의 嘯呼를 어찌 겨루랴.
(…후략…)

                    * 배경: 경남 합천군 가야면 해인사길 122

4) 시 「錦山 菩提庵」

남해섬 錦山
보리암.

검은 바윗무리들 불쑥불쑥 치솟아 엉살 굳고
비단옷 단풍 한철도 저무는 11월,
예순 내외가 젊음 속에 묵는 山上 하룻밤,

― 600년 그 무렵 찾아온 李成桂가
王冠을 빌어 100날을 움막한 祈壇터엔
얼빠진 어느 후손들이 大韓中興碑閣을 들앉혔고
1300년 신라 중 元曉의 발심으로
大將峯 벼랑 바위 아래 이룩한 菩提庵은
五重建 化王 素梶화상의 공덕 따라
本法堂, 山神閣, 鐘閣까지 섰고나.
앞으로 내민 낙락한 巖壁 끝에 이끼무늬 얼룩진 三重 古石塔은
천년 비바람을 이마하여 尙州逋 드멀리 수평선을 지킨다.
(…후략…)

＊ 배경: 경남 남해군 상주면 보리암로 665

5) 시 「露梁津」

이 바다다.

여기는 하동 땅,
저기는 남해 섬,
이 나룻목에서
그 일은 있었다.

바람결에 아렷이
소리 들리며
안갯속에 旗幟 槍劍
새로 보인다.

노략하려는 무리들과
保全하려는 백성들이
하늘과 바닷사이에 아우성치며
피무늬로써 심판하던 곳,

한 장수, 헛된 공을 얻어
일만 뼈를 말린 데가 아니라
한 자비로운 어버이의 주검을 걸어
만백성의 복된 살이를 지켜 싸우신 곳.

노량진—
해가 갈수록
겨레의 맘 속에
당신은 푸르다.

＊ 배경: 경남 하동군 금남면 노량리

6) 시 「南江 가에서」

晉陽城外 水東流를
왜 南江으로 이름했음일까
아무도 모른다.

언제 어드메서 처음되었는지
너 江 줄기의 족보를 아무도 모른다.

멍든 선지피로 흘렀던 짓밟힌 靑江의 젖가슴에
말없이 남아 있는 돌 하나—
그 默語를 아무도 모른다.

둥근 달과 뭇 별을 눈망울에 담고도
차라리 여울마다 목메이는 서러움을

아무도 모른다.

天地 報君 三壯士로 읊조렸던
왕이란 것 따로 없는 만백성의 나라—
歷史란 얼굴을 비쳐주는 푸른 거울임을 아무도 모른다.

＊ 배경: 경남 진주시 본성동 진양성 아래

3. 이경순

1) 시 「진주에 사옵네」

와서 보니
여기는 진주

망경봉에 오르고
남강물을 건너네

너를 만나
나를 두고

구름 따라 돌다가
바람처럼 사라진다

오고 감이

이와 같으랴

남도 죽음도

순간인 것을

오늘도

진주에 사옵네

＊ 배경: 경남 진주시 일원

2) 시 「진주의 脈搏」

아득히, 고령가야의 맥박을 이어, 영광과 수난의 낭만으로 아로 새긴 여기가 南鄕의 진주

遺湖赤壁을 흘러내리는 남강물결에, 義妓의 던진,

忠烈한 단심이야 이제도 푸른 오열로 흘러가고, 비봉산 머리에 아침노을이 탄다.

때로는 검은 風塵이 지상을 휘날려도,

우리는 문화와 예술을 창조하는 진주의 건아

기계를 만들고 비단을 짜는 공부와 직녀들 손을 맞추어 내일을 노래하자.

＊ 배경: 경남 진주시 일원

4. 박재삼

1) 시 「봄바다에서」

1.

화안한 꽃밭같네 참.

눈이 부시어, 저것은 꽃핀 것가 꽃진 것가 여겼더니, 피는 것 지는 것을 같이한 그러한 꽃밭의 저것은 저승살이가 아닌것가 참. 실로 언짢달것가, 기쁘달것가

거기 정신없이 앉았는 섬을 보고 있으면,

우리가 살았닥해도 그 많은 때는 죽은사람과 산사람이 숨소리를 나누고 있는 반짝이는 봄바다와도 같은 저승 어디쯤에 호젓이 밀린 섬이 되어 있는 것이 아닌것가.

2.

우리가 少時적에, 우리까지를 사랑한 南平文氏 夫人은, 그러나 사랑하는 아무도 없어 한낮의 꽃밭 속에 치마를 쓰고 찬란한 목숨을 풀어헤쳤더란다.

確實히 그때로부터였던가, 그 둘러썼던 비단치마를 새로 풀며 우리에게까지도 설레는 물결이라면

우리는 치마 안자락으로 코훔쳐 주던 때의 머언 향내 속으로 살 달아 마음달아 젖는단것가.

돛단배 두엇, 해동갑하여 그 참 흰나비같네.

＊ 배경: 경남 사천시 동서금동 해안

2) 시 「밀물결 치마」

죽은 南平文氏 夫人의
밀물결 치마의 사랑에
속절없이 묻어버리기 마련인
모래밭에 우리의 소꿉질인 것이다.

우리의 어린날의
날 샌 뒤의 그 夫人의

한결로 새로왔던 사랑과 같이

조촐하고 닿을길없는 살냄새의

또다시 썰물진 모래밭에

우리는 마을을 완전히 비어버린 채

드디어는 무너질 宮殿 같은 것이나

어여삐 지어 두고

눈물 고인 눈을 하고 있던 일이다.

* 배경: 경남 사천시 동서금동 해안

3) 시 「어지러운 魂」

겨우 예닐곱 살 난 우리를 그리 사랑하신 南平文氏 夫人은

서늘한 모시옷 위에 그 눈부신 동전을 하냥 달고 계셨던 그와도

같이

마음 위에 늘 또하나 바래인 마음을 冠올려 사셨느니라.

그것 때문에

우리를 사랑하신 그것 그 짐 때문에,

어이할까나,

갈앉아지기로는,

몸을 풀어 사랑을 나누기로는

바다밖에 죽을 데가 없었느니라.

魂도 어여쁜 혼은, 우리의 바다에 살아 바다로 구경나선 눈썹위에서, 다시살아 어지러울 줄이야……
밝은 날, 바다밑이 이세상 아니게 기웃거려지는 閑麗水道를 크고 너른 꽃하나로 느껴보아라. 우리는 한시도 가만 못 있는 지껄이는 이파리 되어, 누구에게 손잡혀 따라가며 따라가며 크고 있는가.

＊ 배경: 경남 사천시 동서금동 해안

4) 시「밤 바다에서」

누님의 치맛살 곁에 앉아
누님의 슬픔을 나누지 못하는 심심한 때는,
골목을 빠져나와 바닷가에 서자.

비로소 가슴 울렁이고
눈에 눈물 어리어
차라리 저 달빛 받아 반짝이는 밤바다의 質正할 수 없는
괴로운 꽃비늘을 닮아야 하리.
天下에 많은 할말이, 天上의 많은 별들의 반짝임처럼
바다의 밤물결되어 찬란해야 하리.

아니 아파야 아파야 하리.

이윽고 누님은 섬이 떠있듯이 그렇게 잠들리.

그때 나는 섬가에 부딪치는 물결처럼 누님의 치맛살에 얼굴을 묻고

가늘고 먼 울음을 울음을

울음 울리라.

* 배경: 경남 사천시 동서금동 해안

5) 시 「南江가에서」

江바닥 모래알 스스로 도는

晉州南江 물맑은 물같이는,

새로 생긴 혼이랴 반짝어리는

晉州南江 물빛맑은 물같이는,

사람은 애초부터 다 그렇게 흐를 수 없다.

江물에 마음 홀린 사람 두엇

햇빛 속에 이따금 머물 줄 아는 것만이라도

사람의 흐르는 세월은

다 흐린 것 아니다, 다 흐린 것 아니다.

그런 것을 재미 삼아 횟거리나 얼마 장만해 놓고
江물 보는 사람이나 맞이하는 심사로
막판엔 江가에 술집 차릴 만한 세상이긴 한 것을
가을날 晉州南江가에서 한정없이 한정없이 느껴워한다.

* 배경: 경남 진주시 본성동 진주성 아래 강변

6) 시 「追憶에서」

晉州장터 생魚物전에는
바닷밑이 깔리는 해다진 어스름을,

울엄매의 장사끝에 남은 고기 몇 마리의
빛發하는 눈깔들이 속절없이
銀錢만큼 손안닿는 恨이던가
울엄매야 울엄매,

별밭은 또 그리 멀리
우리 오누이의 머리 맞댄 골방안 되어
손시리게 떨던가 손시리게 떨던가,

晉州南江 맑다 해도

오명 가명

신새벽이나 밤빛에 보는 것을,

울엄매의 마음은 어떠했을꼬,

달빛 받은 옹기전의 옹기들같이

말없이 글썽이고 반짝이던 것인가.

＊ 배경: 경남 진주시 장대동 어시장

7) 시 「고향 소식」

아, 그래,

乾材藥 냄새 유달리 구수하고 그윽하던

한냇가 대실藥局…… 알다 뿐인가

수염 곱게 기르고 풍채 좋던

그 노인께서 세상을 떠났다고?

아니, 그게 벌써 여러 해 되었다고?

그리고 조금 내려와서

八浦 웃동네 모퉁이

혼자 늙으며 술장사하던

蛇梁섬 昌權이 姑母,

노상 동백기름을 바르던

아, 그분 말이라, 바람같이 떴다고?

하기야 사람 소식이야 들어 무얼 하나,
끝내는 흐르고 가고 하기 마련인 것을……
그러나 가령 둔덕에 오르면
햇빛과 바람 속에서 군데 군데 대밭이
아직도 그전처럼 시원스레 빛나며 흔들리고 있다든지
못물이 먼데서 그렇다든지
혹은 섬들이 졸면서 떠 있다든지
요컨대 그런 일들이 그저
내 일같이 반갑고 고맙고 할 따름이라네.

       * 배경: 경남 사천시 삼천포항 팔포를 비롯한 전지역

8) 시 「바닷가 산책」

어제는
가까운 神樹島 근방
아지랭이가 모락모락 오르고 있어
열댓 살 적으로 돌아와
그리 마음 가려워
사랑하는 이여,

안으로 홀로 불러 보았고.

오늘은
멀리 昌善島 쪽
아까운 것 없을 듯 불붙은 저녁놀에
스물 몇 살 때의 熱氣를 다시 얻어
이리 흔들리는 혼을 앗기며
사랑하는 사람아,
입가에 뇌어 보았다.

사랑은 결국 곱씹어
뒷맛이 끊임없이 우러나게 하는
내 고향 바닷가 산책이여!

＊ 배경: 경남 사천시 삼천포항 동서금동 주변의 바닷가

9) 시 「바다 위 별들이 하는 짓」

어린 시절에도
내 고향 하늘의 별들은
바다 위에 쏟아질 듯
아슬아슬하게 떠 있더니

스물 몇 해를 헤매다

방금 돌아오는 이 눈썹 위에 다시

곤두박질로 내려오고 있네.

아, 물결의 몸부림 사이사이

쉬임없이 별들이

그들의 영혼을

보석으로 끼워 넣고 있는 것을

까딱하여 나는 놓칠 뻔하였더니라.

＊ 배경: 경남 사천시 삼천포항 일원

10) 시 「矗石樓趾에서」

矗石樓, 矗石樓가 이 자리에 서 있었것다.

그냥 덩실하여 우러르던 日常을,

그것이 무너지고는 손이 처진 合掌을.

세간 흩어져서 재로 남는 백성들은

義妓 버선발 뜨듯 추녀끝 돌아나가듯

하 높은 가을 하늘 밑 그림자만 서성여.

시방 가랑잎은 한두 잎 발치에 지고

저무는 기운 속에 대숲은 푸르며 있고

이 사이 소리도 없는 물은 역시 흐른다.

* 배경: 경남 진주시 본성동 진주성

11) 시「三千浦 앞바다 卽興」

山川만 노곤하게

春困 속에 있지 않고

저 멀리 바다 경치도

아지랭이에 젖어서

肝臟도 미칠만하게

情이 녹아 흐르네.

바다 한복판엔

돛단배 몇 척 졸고

움직이는 이 그림

새 劃으로 그어서

갈매기 소리까지 얹어

韻을 하나 더할까.

언제는 그 세월을

붙잡아 두었던가

가까이 바다 밑이

저승처럼 환한데

換腸한 봄볕은 시방

머리 풀고 있고나.

* 배경: 경남 사천시 동서금동 앞바다

12) 시 「南海流水詩」

밤이면 밀려오던

潮水 서리도 귀에 멀어

閑麗水道는

하나 목숨발같이

잔잔한 결을 지어서

흐르고만 있고나.

난장진 피바다 속에

눈 뜨고 목숨 지운 이

四백년 흐른 오늘도

목이 마른 하늘가에서

이승을 바라는 곳에

銀河로 보인 水道여.

冬柏을 피워 올리고

있는 섬둘레마다

微香 어리인 것이

제여금 무리 일어

여기도 星座 한자락

도란도란거리고나.

    * 배경: 경남 통영시 한산도 바다에서부터 전남 여수시 앞바다까지

13) 연작시 68편 『追憶에서』 중 「追憶에서 · 68」

어머니는 모래 뜸질로

남향 십리 밖 沙登里에 가시고

아버지는 魚物到付로

북향 십리 밖 龍峙里에 가시고

여름 해 길다.

문득

낮닭 울음소리 멀리 불기둥 오르고

피 듣는 맨드라미 뜰 안에 피어,

내 귀를 찢는다

내 눈을 찌른다.

오히려 物情 없는 나이로도

십리 밖 칼끝 같은 세상을

짚어 짚어 앓았더니라.

* 배경: 경남 사천시 삼천포 일원

14) 시 「고향 정물(情物)을 닮아」

고향에 오면

노산(魯山)은 언제 봐도

바닷가 구릉으로

햇빛 속에 야트막하게 솟아 있고

바다의 물결이 순하여

그를 따르다가 보니

모진 혁명은커녕

그저 반짝반짝 빛나는 짓만

표절하는 것 밖에

아직도 다른 길을 못 열고 있네

열너댓 살 적

소녀들 앞에서

떨리던 그 부끄러운 발걸음은

겨우 졸업했으나

말이 없고 느끼는 것만큼은

하나도 안 변한 듯

그동안 때가 묻은 나를

멍청하나마 따뜻이 안아들이며

'타향살이의 외로움을 안다'는 투로만

나오는 고향의 정물들 앞에서

나도 그저 느낌이 저 바다처럼

반짝반짝 가다가 빛날 따름이라네.

* 배경: 경남 사천시 삼천포항 일원

5. 유치환

1) 시 「出生記」

검정 포대기 같은 까마귀 울음소리 고을에 떠나지 않고

밤이면 부엉이 괴괴히 울어

남쪽 먼 浦口의 백성의 순탄한 마음에도

상서롭지 못한 世代의 어둔 바람이 불어오던

— 隆熙 二年!

그래도 계절만은 천년을 多彩하여

지붕에 박넌출 南風에 자라고

푸른 하늘엔 석류꽃 피 뱉은 듯 피어

나를 잉태한 어머니는

짐즛 어진 생각만을 다듬어 지니셨고

젊은 의원인 아버지는

밤마다 사랑에서 저릉 저릉 글 읽으셨다

왕고못댁 제삿날 밤 열 나흘 새벽 달빛을 밟고

유월이가 이고 온 제삿밥을 먹고 나서

희미한 등잔불 장지 안에

繁文縟禮 事大主義 辱된 後裔로 세상에 떨어졌나니

新月 같이 슬픈 제 족속의 胎班을 보고

내 스스로 呱呱의 哭聲을 지른 것이 아니련만

命이나 길라 하여 할머니는 돌메라 이름 지었다오.

* 배경: 경남 통영시 태평동 552번지

2) 시 「歸故」

검정 사포를 쓰고 똑딱선을 내리면

우리 故鄕의 선창가는 길보다도 사람이 많았소

양지 바른 뒷산 푸른 송백을 끼고

남쪽으로 트인 하늘은 旗빨처럼 다정하고

낯설은 신작로 옆대기를 들어가니

내가 놀던 돌다리와 집들이

소리높이 창가하고 돌아가던

저녁놀이 사라진 채 남아 있고

그 길을 찾아가면

우리 집은 유약국

行而不言하시는 아버지께선 어느덧

돋보기를 쓰시고 나의 절을 받으시고

헌 冊曆처럼 愛情에 낡으신 어머님 옆에서

나는 끼고 온 新刊을 그림책인 양 보았소.

＊ 배경: 경남 통영시 태평동 552번지

3) 시 「石榴꽃 그늘에 와서」

오래 오래 헛된 길을 둘러

石榴꽃 그늘 밝은 고향의 조약돌 길에 서면

나는 어느덧 마흔 짝으로 늙었소.

오늘 나의 생애가 보람없이 辱될 지라도

푸르른 하늘 속속들인

그 어디 愛情을 무찌른 生長이기에

할머니 할머니 나의 할머니

그의 어깨를 말등같이 닮은 무덤을 찾아

나는 꽃같이 뉘우쳐 절하고 우려오.

＊ 배경: 경남 통영시 태평동과 그 일원

4) 시 「制勝堂 所見」

나라 위한 애틋한 丹心이었기에
여기 후미진 섬 끝
사백 년의 외로움도 寂寂히 예사로와
솔그늘 아롱진 기와 끝에
무심한 참새 서넛 앉아 깃 다듬고 놀아라.

＊ 배경: 경남 통영시 한산면

5) 시 「熱願—洗兵館에서」

세병관—옛날 三道 統制使가 있었다는 나의 鄕里에 있는 이 客
舍는 나의 小學시대의 정든 學舍였으나 이제는 여지없이 頹落하여
기왓골에는 雜草만 이 蓬髮처럼 우거져 있다.

無色無臭 끝없이 淸澄한 永劫이 가만히 벌레먹는 그 한 귀퉁이

가 여기 있어.

仁祖 二十 四年 建之, 그리하여 처마는 내려앉고 기둥은 기울어
가 제가 제를 먹고 살고 있는 시간의 그 歷歷한 三百年!

끝내 자신의 조용한 崩壞 위에 확대하여 가는 그 냉혹한 영겁의
틈바귀에 발붙임하고 하마나 닿일 듯 닿일 듯이 메시야의 손길 아
련거리는 저헛한 허공을 향하여 一心으로 열원의 팔짱을 내젓는
쑥대며 달개비 강아지풀들이 있다.

＊ 배경: 경남 통영시 세병로 27(문화동)

6. 백석

1) 시 「통영」

넷날엔 統制使가있었다는 낡은港口의 처녀들에겐 넷날이가지않은 千姬라는이름이많다.

미역오리같이말라서 굴껍지처럼말없이사랑하다죽는다는

이千姬의하나를 나는어늬오랜客主집의 생선가시가있는마루방에서만났다

저문六月의 바다가에선 조개도울을저녁 소라방등이붉으레한마당에 김냄새나는 비가날였다

*배경: 경남 통영시 일원

2) 시 「통영─南行詩抄 2」

統營장 낫대들었다

갓 한 닢 쓰고 건시 한 접 사고 홍공단 단기 한 감 끊고 술 한 병 받어들고

화륜선 만져보려 선창 갔다.

오다 가수내 들어가는 주막 앞에
문둥이 품바타령 듣다가

열니레 달이 올라서
나룻배 타고 판데목 지나간다 간다
(徐丙織氏에게)

3) 시 「고성가도─남행시초 3」

고성장 가는 길
해는 둥둥 높고
개 하나 얼린하지 않는 마을은
해바른 마당귀에 맷방석 하나
빨갛고 노랗고
눈이 시울은 곱기도 한 건반밥

아 진달래 개나리 한창 퓌였구나

가까이 잔치가 있어서
곱디고운 건반밥을 말리우는 마을은
얼마나 즐거운 마을인가

어쩐지 당홍치마 노란저고리 입은 새악시들이
웃고 살을 것만 같은 마을이다

＊ 배경: 경남 통영시에서 고성군 고성읍으로 가는 길목

4) 시 「삼천포 ─ 남행시초 4」

졸레졸레 도야지새끼들이 간다
귀밑이 재릿재릿하니 볕이 담복 따사로운 거리다

잿더미에 까치 오르고 아이 오르고 아지랑이 오르고

해바라기하기 좋을 볏곡간 마당에
볏짚같이 누우란 사람들이 둘러서서
어늬 눈 오신 날 눈을 츠고 생긴 듯한 말다툼 소리도 누우라니

소는 기르매 지고 조은다

아 모도들 따사로이 가난하니

＊ 배경: 경남 사천시 삼천포항

5) 시 「昌原道—남행시초 1」

솔포기에 숨었다
토끼나 꿩을 놀래주고 싶은 산허리의 길은

엎데서 따스하니 손 녹히고

개 더리고 호이호이 희파람 불며
시름 놓고 가고 싶은 길이다

괴나리봇짐 벗고 땃불 놓고 앉어
담배 한 대 피우고 싶은 길이다

승냥이 줄레줄레 달고 가며
덕신덕신 이야기하고 싶은 길이다

더꺼머리 총각은 정든 님 업고 오고 싶을 길이다

＊ 배경: 경남 창원시로 드는 길

7. 최계락

1) 동시 「학교길」

대문은 나서면
삼돌이 집은
맞은편,

옆집 노마도
가방 메고
나온다

어깨를 가지런히
발걸음도 가벼이

우리들은 일학년
처음 가는
학교길.

골목을 돌아서면
저기
정든
구멍가게

할머니도
벙글벙글
웃으시는데,

맑은 하늘
밝은 햇살
가슴으로 받으며

처음 가는
학교길
즐거운 아침

＊ 배경: 경남 진주시 지수면 승내리

2) 동시 「성적표를 받는 날」

두근거리는 가슴

가까스로

달래며

학교 뒷마당

소나무 밑에서

조심스레

펴어 보는

일학기 성적표

역시

그렇구나

어김 없는

이

성적.

밤 늦게

공부하던

내 곁에 앉아서

힘을 주시던

아,
어머니.

기뻐하실
어머니의
모습을 안고
집으로 달려가면
발걸음도
가벼운데.

오늘 따라
학교길이
너무나 가깝구나.

* 배경: 경남 진주시 지수면 승내리

8. 서정주

1) 시「論介의 風流力學」

어린 계집 아이 너무나 심심해서

한바탕 게걸스런 장난이듯이

철천의 웬숫놈 게다니로꾸스께 장군하고도

진주 남강 촉석루에 한 床도 잘 차리고

그런 놈하고 같이 노래하며 뛰놀기도 잘하고

그것을 하다보니 더 심심해져설랑

바위에서 끌안고 딩굴다가 퐁당!

남강 깊은 물에

强制情死도 해버렸나니,

밤 냄새와 곰 냄새

마늘 냄새와 쑥 냄새

보리 이삭의 햇볕 냄새도 도도한

論介의 이 風流의 곡선의 역학—

아무리 어려운 일도 죽엄까지도

모든 걸 까불며 놀 듯이 잘하는,

이빨 좋은 계집아이 배 먹듯 하는

論介의 이 풍류의 맵시 있는 역학—

게눈 감추듯한

東夷의 弓大人族의

물찬 제비 같은 이 호수운 역학이여!

(湖南 三綱錄, 이홍직 편, 『歷史大事典』 상권)

＊ 배경: 경남 진주시 본성동 진주성 아래 의암바위

인명 및 지명

ㄱ

강달수 • 33, 54

고두동 • 24, 26

권환 • 24, 26

김기림 • 121

김달진 • 24, 34, 151

김동리(金東里) • 24, 25, 33, 34, 35, 36, 37, 38, 40, 41, 151, 163

김범부(金凡父) • 33, 35, 37, 38, 54

김법린(金法麟) • 33, 35, 36, 37, 54

김병호 • 24

김상옥 • 24, 26

김수돈 • 24

김수영 • 19

김용직 • 152

김용호 • 24, 26

김원일 • 25, 68, 69, 71, 74

김정한 • 24, 26

김춘수 • 26

김태홍 • 24

김호 • 94, 95

까뮈 • 106

ㄴ

논개(論介) • 46, 47, 54, 56

논개비 • 49

논개제 • 49

ㄷ

다솔사(多率寺) • 24, 31, 32, 33, 34, 35, 36, 37, 38, 40, 45, 53, 54, 56

담시(譚詩) • 13

도선대사 • 31

ㅁ

문영빈 • 33, 54

미륵사지의 석탑 • 31

ㅂ

박경리 • 24, 26

박노석 • 24

박목월 • 34

박인환 • 97

박재삼 • 24, 25, 82, 83, 84, 150, 176

백석 • 26, 120, 124, 196

변영로 • 54

ㅅ

사르트르 • 102

3 · 15부대 •   75

삼천포대교(연륙교) • 59

서정주 • 26, 34, 36, 54, 121, 152, 204

선인사 • 33

설창수 • 24, 25, 33, 46, 49, 53, 54, 56,
        153, 166

신인간주의 • 43

쌍계사 • 24

ㅇ

영봉사(靈鳳寺) • 31

영악사(靈嶽寺) • 31

오장환 • 121, 151

오제봉 • 33, 54

유몽인 • 46

유치환 • 24, 26, 113, 117, 191

의기사(義妓祠) • 46, 47, 48

이경순 • 24, 25, 57, 61, 62, 63, 64, 174

이기주 • 33, 54

이병주 • 24, 26

이상(李箱) • 102, 103, 121

이용희 • 151

이원수 • 24, 26

이은상 • 24, 26

이은성 • 26, 89

이주홍 • 24, 26

이진언 • 24, 26

이형기 • 24, 26

ㅈ

장용학 • 26, 101

적멸보궁사리탑(寂滅寶宮舍利塔) • 31

정공채 • 21, 24

정원사(淨願寺) • 45

정진업 • 24

정태용 • 24

조향 • 24

조연현 • 24, 34

조태일 • 54

종군문인단 • 153

죽방렴 • 59, 60

진주의기창렬회 • 49

ㅊ

촉석루 • 55

최계락 • 24, 26, 133, 200

최범술 • 31, 33, 36, 38, 54, 56

최인욱 • 24

ㅌ

타솔사(陀率寺) • 31

ㅎ

한용운(韓龍雲) • 33, 35, 37, 38, 39, 54

함형수 • 151

해인사 • 24, 36

허백련 • 35

허준(許浚) • 89

혼배성사문서(MATRIMONIUM) • 37

흑우회 • 61

작품 및 도서

ㄱ

「伽倻山 海印寺」• 169

『가족』• 71

〈강감찬〉• 90

「강물에서」• 83

『겨울 골짜기』• 25, 68, 80

「고갯길」• 22, 138

「고성가도—남행시초 3」• 197

「고양이」• 116

「고향 소식」• 182

「고향 정물(情物)을 닮아」• 189

「구름은 조각배」• 138

〈구암 허준〉• 90, 96

『구토』• 102

「국경의 밤」• 17

「歸故」• 192

『귀촉도』• 155

「그 母와 아들」• 120

「그리움」• 116, 117, 118

「극락조」• 38

「錦山 菩提庵」• 170

「旗빨」• 26, 113, 114, 116, 119

「길」• 138

『꼬까신』• 138, 142

『꽃씨』• 136, 138, 139, 142

ㄴ

「나와 나타샤와 흰 당나귀」• 121

「낙화」• 141

「날개」• 103

「남강」• 142

「南江 가에서」• 172, 180

「南海流水詩」• 187

「南行詩抄」• 126

「내가 생각하는 것은」• 121

「露梁津」• 171

『노을』• 71

「논개」• 54

「論介의 風流力學」• 204

「논개양」• 54

「논개의 애인이 되어서 그의 廟에」• 54

「눈」• 19

「눈 내리는 저녁에」• 38

『늘 푸른 소나무』• 71

ㄷ

「당고개와 무당」• 38

〈대원군〉• 90

「大源寺 九重塔」• 167

「동구 앞길」• 34

『동기 이경순 전집』• 62

〈동의보감〉• 90

『동의보감(東醫寶鑑)』• 89

「동학사 가는 길」• 22

「등신불」• 25, 31, 38, 41, 43, 44

『뜨거운 노래는 땅에 묻는다』• 113

ㅁ

『마당 깊은 집』• 71

「무녀도」• 34

『문예신문』• 138

『문예월간』• 113

『문예』• 83, 101, 135, 141

『문장』• 134, 135

『문학청년』• 138

『물방울 하나 떨어지면』• 71

「미련소묘」• 101

『미루나무와 남풍』• 113

「밀다원시대(蜜茶苑時代)」• 14, 15

「밀물결 치마」• 177

ㅂ

「바다」• 121

「바다 위 별들이 하는 짓」• 184

「바닷가 산책」• 183

『바람과 강』• 71

「바보네 가게」• 22

「바위」• 34, 38

「박쥐」• 116

「밤 바다에서」• 179

「방망이 깎던 노인」• 22

「백로」• 34

『백민』• 61

「벽」• 151

『보병과 더불어』• 113

「보슬비」• 138

「봄바다에서」• 176

「봄바람」• 138

「봄이 오면은」• 138

『봉화』• 138

「불의 제전」• 71

「불화」• 38

「비오는 날」• 141

「非人誕生」• 101

『빛과 소리의 풀밭』• 83

ㅅ

『사상계』• 41, 101

『사슴』• 120, 124

「산골 교회」• 22

「산화(山火)」• 34, 36

「삼천포 ─ 남행시초 4」• 198

「三千浦 앞바다 卽興」• 186

「새 일꾼 어린이」• 138

『새동무』• 138

『생리』• 113

『생명의 서』• 113

「서울驛」• 21

『서정주 시선』• 155, 158

「石榴꽃 그늘에 와서」• 193

「설날」• 138

「성적표를 받는 날」• 202

「세월이 가면」• 97

〈세종대왕〉• 90

『소년세계』• 134

『소설 동의보감』• 26, 89, 95, 96, 97, 99

『소학생』• 133, 138

「수양버들」• 133, 138

『슬퍼서 아름다운 이야기』• 83

『슬픈 시간의 기억』• 71

『시인부락』• 151

「新, 노을이 타는 가을강」• 88

『신라초』• 155, 158

ㅇ

「애가」• 134

「애기」• 116

『어린이신문』• 138

『어우야담』• 46

「어지러운 魂」• 178

『여성』• 120, 121

「역마」• 163

「熱願─洗兵館에서」• 194

「영광의 항구」• 119

『예루살렘의 닭』• 113

「오감도」• 103

『외갓길』• 138, 142

「외갓길 1」• 26, 133, 142, 146, 149

「외갓길 2」• 142, 145, 146, 148, 149

「외갓길 3」• 150

「외로운 고개」• 138

「요한詩集」• 26, 101, 104, 105, 107

「龍門寺의 밤」• 166

『울릉도』• 113

「유배지의 섬」• 64, 65

「流配地의 섬‒ 창선도」• 25, 57

「유성」• 61

「의낭 논개의 비문」• 25, 46, 50, 54, 56

〈의친왕〉• 90

「이슬」• 138

『이인 二人』• 141

ㅈ

「저승새」• 38

「절망」• 121

『정본 백석 시집』• 127

「정적」(박재삼 작) • 83

「靜寂」(유치환 작) • 113

「定州城」• 120

「制勝堂 所見」• 194

「조각달」• 137

『주간 소학생』• 137

「지동설」• 101

「진주 가서」• 26, 54, 151, 152, 155, 159

「진주에 사옵네」• 174

「진주의 脈搏」• 175

〈집념〉• 90, 95, 96, 99

「찔레꽃」• 34, 38

ㅊ

「昌原道─남행시초 1」• 199

「천년의 바람」• 25, 82, 84, 85, 86, 88, 150

『천년의 바람』• 83

『청마시초』• 113

「矗石樓趾에서」• 185

「추억에서 · 68」• 188

「追憶에서」• 181, 188

『춘향이 마음』• 83

「出生記」• 191

「치자꽃」• 118

ㅋ

「칼막스의 제자들」• 90

ㅌ

『태양이 미끄러진 氷板』 • 64

「통영」 • 121, 125, 127, 130, 131, 196

「통영 — 南行詩抄 1」 • 121

「통영 — 南行詩抄 2」 • 197

「통영 2」 • 26, 120, 122, 125

ㅍ

「판자가게 그 아이」 • 147

「팔포, 그 슬픔과 허무의 바다」 • 83

ㅎ

「학교길」 • 200

「할아버지」 • 138

「항구에 와서」 • 118

「해 즈믄 남강」 • 138

『햇빛 속에서』 • 83

「허수애비」 • 138

〈허준〉 • 90

『허준의 동의보감 연구』 • 94

『현대문학』 • 83

『화사집』 • 151, 155

「황토기」 • 34, 38

「희화」 • 101

문학 작품의 배경, 그 현장을 찾아서

인쇄 2014년 2월 28일 | 발행 2014년 3월 5일

지은이 · 윤애경
펴낸이 · 한봉숙
펴낸곳 · 푸른사상사
주간 · 맹문재 | 편집 · 지순이 | 교정 · 김재호

등록　제2-2876호
주소　서울시 중구 충무로 29(초동) 아시아미디어타워 502호
대표전화　02) 2268-8706~7　팩시밀리　02) 2268-8708
이메일　prun21c@hanmail.net
홈페이지　www.prun21c.com

ⓒ 윤애경, 2014

ISBN 979-11-308-0189-6　93810
　값 17,000원